新典社選書 85

源氏物語とシェイクスピア

——文学の批評と研究と——

廣田收・勝山貴之 著

新典社

まえがき

以前はよく、大学の教員も「しょせん学生のなれの果て」だと人から冷やかされたり、また自分から自嘲的に言ったりもしました。

確かに、学生のころ文学に抱いた興味をずっと追いかけ、その後も迷わず「勉強」を続けていただけで、気が付いたら大学で文学を講じていた、というわけです。これは正直に申しますが、学生時代を思い出してみると、就職のこととか、将来のことなどは、あまり考えずに自分の「好きなこと」だけをずっと続けていただけだ、というのが偽らない実感です。

とはいえ、大学を卒業してからもまだ世間には出ず、大学院へ進んで「役にたたない」文学を読んだり、調べたりしていたというのは、世間一般からみると、相当「自由な」生き方だったと思います。誤解を恐れず申しますと、私たちの「仕事」は、結果が出るまでに、とにかく時間がかかります。しかも、それは一〇年、二〇年単位といったような間遠さなので、なかなか理解してもらえません。

いや、仄聞《そくぶん》するところ、それは文系・理系を問わず、基礎的研究の宿命なのかもしれません。

ただ、二〇代のころには、有名企業に入り高い給料をもらって働いている友人たちを尻目に、「フン、お金のためにあくせくしやがって」と虚勢《きょせい》をはっていたことも事実です。

大学人としての本来の責務とは何かを考え、「真面目」に仕事をしていても、社会の目はなかなか冷ややかで、教員は「遊んでいて」給料をもらっているという、とんでもない誤解も受けています。しかも、残念ながら現在の大学は、もはや学問の府ではなくなりつつあり、とても本来の公務とは思えないような「書類」の作成や「雑用」、多くの「会議」や出張、試験の業務などに追われていますが、まぁそれは横に置くとして、私たちがそもそも何を目的として、何と格闘しているかを本当に理解していただけるのなら、友人になっていただけると思います。

友人というのは、一緒に遊んだりお酒を酌《く》み交わしたりする仲間のことだけではありません。志を同じくする人のことです。ここにいう志とは、同じ問いを共有する人のことです。直接お目にかかったことがなくても、そういう友人が「どこかに」いると思うことが、こういう仕事をする上で一番の励みになるのです。

もちろん本書で取り上げるシェイクスピアの作品と『源氏物語』とでは、書かれた時代も、書かれた状況も違いますし、ジャンルも違います。ところが、今回このような出版を御一緒させていただくことになった勝山貴之さんとは、もともと同じ文学部の同僚です。ただ、面識はあったものの、最近まであまり立ち入った話もしなかったのですが、授業の資料を準備するときに何気なく交わした、二人の立ち話からこの企画は始まりました。文学について、色々と意見を交わして行くうちに、思わず共鳴する事柄があったり、一方では対照的な点も見えたり、実に新鮮な驚きを経験しました。そんなことができるのは、どちらもが名作と呼ばれる古典文学を学んでいたからだと思います。

最近では、文学の研究は、歴史学や哲学、美学・芸術学、文化論だけでなく、他の学問領域との境界の垣根を低くした、ボーダレスの研究が盛んになっていますが、それはそれで良いのです。ただ、そうなると逆に、肝心の文学そのものは置き去りにされていないか、文学研究そのものはどこに行くのか、という疑問が生じてきます。とりわけ、言葉による表現ということが「置き去り」にされたまま、上すべりの分析がなされているという印象を抱くことが、最近多くなりました。意外なことですが、従来、お互いにあまり議論の相手としなかった国文学と英文学との間で、意見交換はできないのでしょうか。この書物の出発点はそこにあります。

近時、大学を取り巻く環境の中で、人文学とりわけ文学に対する「評価」には厳しいものがありますが、本当の危機は、私たちのめざす学問が、文学そのものをどう考えるのかということを「忘れた」研究に堕《だ》することではないかと思います。

ともかく足掛け三年を費して、それぞれの大作をひとつの事例として、批評と研究という視点からお互いの考えを交わすことができました。これから文学を志す人に、あるいは今、文学を勉強している同志の人たちに何かエールを送りたいという一念で、この書を二人で書きました。もし手に取っていただけるのなら、これほど幸せなことはありません。

廣田　收

付記

本書の中で引用した史料には、現代の人権意識に照らして不適切な表現もみられるが、歴史的な資料と捉え、特に表現を改めることはしなかった。

目　次

第Ⅰ部　対談　文学研究の「これから」

はじめに

廣田收　学生から、ときどき「先生はなぜ『源氏物語』なんですか」と、聞かれることがあります。

そもそも「文学」というものに出会った人と、出会わなかった人がいるということは間違いありません。文学にまったく縁がないまま、生涯を通じてついに出会わずに過ごす人だっているはずです。

少なくとも、若き日に、勝山さんは英文学に、私は国文学に足を踏み入れたことは事実なので、しかもそれで職を得たということは、ある意味「幸せな人生」だったのだと思います。それでは、その「入り口」とはどんなものだったのかということは、誰でもそう簡単には話したくないものなので、いささか気恥ずかしくは思いますが、「なんだそんなことなのか」と笑われるのを覚悟で、お話ししてみたいと思います。そのほうが、文学に志す人に勇気をお伝えできると思います。

勝山貴之　そうですね。まず廣田さんにとって、文学との出会いはどのようなものだったのですか。いつごろから文学部に行こうと考え始められたのですか。

廣田　私は、高校生のとき、大学は文学部に行こうと決めていました。
　私たちは今では邪魔者扱いされる団塊《だんかい》の世代で、生まれたときから競争に巻き込まれていました。ですから、物心付いたとき以来、常に自分は競争するのかしないのか、どのように行動するのか、悩み続けていました。
　今はどうなんでしょう。そのころ高校では、理科系に行く者が「選ばれた」者であり、文学部に行くなんて「負け犬」だというような空気がありました。少し体を壊しかけたこともあって、私は何ごとにも悲観的でした。しかも「自分が何者なのか、分からない」とか「いったい自分とは誰だろう」という疑問に嵌《はま》り込んでいましたから、その答えを探すことが大学に行く、本当の理由でした。
　まぁ、私は、そのころから「変なやつ」でした（笑）。
勝山　文学部に行こうと決められた直接のきっかけは何だったんですか。
廣田　ある日、古典の文語文法の勉強をしようとして、一番難解な『源氏物語』を品詞分解*してやろうと思い付いたのです(1)。今から思えば、『源氏物語』に失礼ですね（笑）。しかしすぐ、『源氏物語』はそんな機械的な「分析」では全く歯が立たないし、何の意味もないことが分かりました。そしてむしろ、この物語の面白さに翻弄《ほんろう》されてしまったのです。

ともかく大学で国文学を学ぶためには、事前に「勉強」しておかないといけないと思って、古代文学から近代文学まで、結構、あれこれと読んだのですが、入った大学は、学園紛争の時代のまっただ中で、ほぼ三年間授業は行われず、時代の歴史の波に翻弄されました。

勝山　廣田さんは早くから、文学研究の道へ進むことを決めておられたのですね。文学部を目指された廣田さんは、国文学を学ぶためにどのような本を読まれたのでしょう。もう少し詳しく聞かせていただけませんか。読書遍歴を話すのは気恥ずかしいものですが、おそらく読者も興味があると思います。

廣田　自慢できるものではありません。せっかく文学部に行くのならと考え、義務感からいちおう読んでおかないと、と思って、古典ならと『萬葉集』や『源氏物語』を読み続けました。その他、今でいう*覚一《かくいち》本とよばれる『平家物語』など。ところが『徒然草』は十代の少年には、全く面白くなかったし、西鶴や近松にはあまり興味が湧きませんでした。私の体質は近世的なるものには、どうも生理的に「なじまない」ようなのです。ただ俳諧だけは面白くて、芭蕉だけでなく去来も読みました。近代は漱石、特に後半の『それから』以降の作品は胃が痛くなる感覚に魅了されました。『源氏物語』の後半を読むと、なぜかイライラする気分が似ていて、どこかで救われない雰囲気に包まれているという感覚が充満していることに興味をもちました。

戦前戦後の小説も、あちこちつまみ食いをしましたが、しばらく倉橋由美子にハマりました。短歌では、富小路禎子の歌う女性の感覚にハマりました。でも、勝山さんはこんなことに興味はないでしょう（笑）。

勝山　私の『源氏物語』や『徒然草』についての興味は、高校の授業や受験で勉強しただけで終わってしまいました。自分から進んで読むことはなかったですね。倉橋由美子は、私も読んだことがありますよ。

廣田　ところが、期待に胸を膨《ふく》らませて入った大学は「期待を裏切る」もので、結局、一番身にしみて感じたことは、「いつの時代も歴史は支配者の描くものなのだ」ということでした。何も信用できない、何でも根底から疑うという習性ができてしまいました。皮肉ですが、これは重要なことだったと思います。

勝山　廣田さんは団塊の世代でいらっしゃるのですね。

団塊の世代のかたがたは、学生運動の盛んな、激動の一九六〇年代を経験されたことと思います。私は、その頃、まだ小学生でした。

廣田　なるほど、勝山さんとは、ずいぶん世代が違いますね。

勝山　そうなりますか。私も学生運動の影響を間接的には受けていると思います。父親が大学教員であったことから、家には大学生がよく遊びに来ていました。廣田さんがおっしゃるように、当時の大学はしばしば封鎖されることがあって、授業や試験はあまりなかったようですね。

大学が封鎖されて授業が行われず、先生の家で勉強するというのは口実ばかり。父と一緒に本や映画の話をし、レコードを聴いたりしていたようです。今からは考えられないような牧歌《ぼっか》的な時代です。

父もそうした学生たちを歓迎していました。幼い頃から、家には洋書はもちろん、ボブ・ディランやジョーン・バエズなど流行のフォークソングに映画音楽があふれていました。中学生になって、「ニュー・シネマ」(2) ということばを知りましたが、そうした映画のレコードは、以前から父の書斎に置いてあって、小さな頃から耳にしていたものばかりでした。

なぜ文学なのか

廣田　やはり時代の感覚が違いますね。

一九六〇年代から七〇年代にかけて、大学・大学院時代を、特に私学で過ごしたことと、自分の今の研究とは深く関係しています。

昔、私も高校生の時代に英語の受験勉強をしました。皆さんもなさったと存じます。私たちの時代では、五千語覚えたら国立大学に入れる、とよく言っておりました。ところが、単語を覚えただけでは、何を言っているのか、さっぱり分からない表現が出てきます。

受験生のとき、私が気づいて愕然《がくぜん》としたのは、ときに『聖書』が下敷きになっているということです。そうなると、若かりし時代の私など、いや今でも、全くのお手上げです。つまり、『聖書』の理解やキリスト教の教養がなければ、英文学は分からない。そう感じたのです。そのことが自分の専門を選ぶとき、私の出会った最初の「大きな壁」でした。

それより、むしろ国文学は、そのころ私の抱えていた「自分とは誰か」という疑問に答えてくれると感じました。古典を読むと、古典の中にぼんやりと自分が見えてくると感じたのです。古典文学は、私自身である。自分を映す鏡であるというふうに、です。

勝山　なかなか面白いですね。「古典の中にぼんやりと自分が見えてくる」感じですか。

廣田　分かりやすく申しますと、私が面白いと思う作品は、確かに私がそこ、に、居ると実感できるからです。私は新しさを求めていながら、思いがけないことですが、相変わらず古い伝統的な精神構造を保っていることに気付かされました。これはもっと後になって気付いたことですが、私自身が、文化の習合*syncretism そのものだったわけです[3]。言い換えますと、日本の八百万の神々に対して、また仏・菩薩に対して畏敬の念と申しますか、超越的な存在に心魅かれる体質が、自分にはあるんだと強く感じたのです。

私はそんな幼稚な青年でしたが、勝山さんと英文学との出会いはどのようなものですか。

勝山　廣田さんは、その頃から、既に自分の存在を問いかけておられたのですか。すごいですね。私の場合、英文学との出会いといっても、それほどドラマチックなものはありません。私は幼い頃から、海外に対する憧れが強く、ともかく海外の小説、映画、音楽には夢中でした。私はビートルズ全盛期の後に思春期を迎えていますから、もちろんビートルズも聴きましたが、その後の英米の音楽をよく聴いていましたし、『俺たちに明日はない』、『卒業』、『イージー・ライダー』などの映画にすっかりはまっていました。

本も好きでしたが、廣田さんのように体系的な読書経験はありません。流行の大衆小説から文学作品まで、実に雑多な本を読んでいました。マリオ・プーゾ（『ゴッド・ファーザー』）、エリック・シーゲル（『ある愛の詩』）、スティーヴン・キング（『キャリー』）などは映画を観た後、翻訳を読みました。映画より原作のほうが良いと思うことがしばしばでした。アンソニー・バージェス（『時計仕掛けのオレンジ』）やジュール・ヴェルヌ（『八十日間世界一周』）を読んでいるかと思うと、ドストエフスキー（『罪と罰』）、トルストイ（『戦争と平和』）、ツルゲーネフ（『初恋』）なども読みました。『戦争と平和』は、旧ソ連の制作した映画版の出来が素晴らしく、ナターシャ役リュドミラ・サベーリエワが原作どおりのイメージで、感動したことを今でも覚えています。英文学では、ディケンズ（『オリヴァー・ツイスト』）や、エミリー・ブロンテ（『嵐が丘』）、ワイルド（『ドリアン・グレイの肖像』）などを読んだと思います。家に出入りしていた大学生たちの影響もあって、まあ、すこしおませだったかもしれません。

廣田　すごいな、勝山さんは、文学少年だったんですね。私は、中学生までは運動したり、遊んでばかりしていましたから。

勝山　とんでもない。私は廣田さんのように、「自分とは何か」なんて哲学的なことは考えていませんでした。ただただアメリカやイギリスが好き、外国が好きといった西洋かぶれです。シェイクスピアとの出会いもこの頃でした。

中学生時代に、たまたまテレビの深夜番組で、ローレンス・オリヴィエ主演の映画版『ハムレット』が放送されていました。側にいた父親が、シェイクスピアの芝居で、父親の仇《かたき》を討《う》つ話だと教えてくれました。後日『ハムレット』の翻訳を手に取りましたが、正直なところ、当時はあまり面白いとは思えませんでした。主人公の台詞《せりふ》が長く、なかなか話が進まないように思いました。

戯曲というものを読んだ経験があまりなかったからかもしれません。ともかくあまり感銘を受けなかったことだけは、はっきり覚えています。その他の作品もいくつか読んでみましたが、すぐさま人生を決定づけるような感動を覚えることはありませんでした（笑）。

廣田　たとえば、どんな作品をお読みになったのですか。

勝山　『ハムレット』を機に、『マクベス』、『リア王』、『オセロ』、『ヴェニスの商人』、『真夏の夜の夢』など、シェイクスピアの作品は続けて何冊か読みました。『マクベス』が最も解り易かったように思います。魔女の予言のからくりが、なかなか面白いように思いました。『真夏の夜の夢』は、題名は幻想的なのに、中身は話が錯綜《さくそう》していて、どこが喜劇なのかわからず、理解に苦しみました。

結局、私の読書の興味はその後、廣田さんのように哲学的な深淵に向かうことはなく、相変わらず大衆文化にどっぷりとつかって、シェイクスピアのことはすっかり忘れていました。廣田さんの経験された国文学との出会いに比べれば、私の思春期は、なんて軽薄なんだと恥ずかしくなります（笑）。

先ほど廣田さんの言われる「古典を読むと、古典の中にぼんやりと自分が見えてくる」というのはなかなか興味深いお話ですね。もう少し、そのあたりをお聞かせ願えますか。具体的にはそれはどのような感覚なのでしょう。

廣田　ひとつの作品を呼んで、「面白い」と感じるときには、その作品が私の中の何かと共鳴していると考えたわけです。それが私の場合、英文学ではなくて、日本文学であり、特に古典だったというだけです。

嫌いな作品を、なぜ嫌いなのか突き詰めて行くと、自分が受け入れない根拠があるのだと思います。もう七〇歳の定年も間近になっているのに、また本を買っても、読まない本は山ほどありますが（笑）、それは確かに「無駄」なのかもしれませんが、出会う機が熟していないのか、もともと肌合《はだあ》いの違うものかなのだと思います。

私は、愚かなことに、分岐点に出会うと、結局は「好きか嫌いか」で行く道を決めてきたようでなんとも恥ずかしい限りですが、勝山さんは若くして頭の中に、すでに人生設計はあったのですか。

勝山　人生設計というほどのものではありません。ただ将来は教員になりたいと思っていたこともあって、大学は教育学部の英語教員養成課程へ進学しました。幼い頃からの海外への憧れは覚めやらずで、是非とも留学したいという想いがありました。実際に海外を自分の目で見てみたいというような無邪気な想いでした。

当時、学部生の留学はまだまだ一般的ではなく、教員養成系の大学には、文部省派遣留学という、国費の留学制度があったことも進学の大きな理由でした。二年生になる前の春休みに『ハムレット』についての集中講義があって、この時、はじめて『ハムレット』の解釈は、私が中学時代に読んだ印象とは全く異なるということに思い至り、非常に感銘を受けました。凝《こ》り性《しょう》の私は、二年生からは完全にシェイクスピアに嵌《はま》り、大学で開講されているシェイクスピア関連の授業を取りました。授業の他にも、市川三喜教授が注釈をつけた『ジュリアス・シーザー』でシェイクスピア文法や語法の勉強をしたり、アボットの『シェイクスピア文法』やシュミットの『シェイクスピア・レキシコン』を購入したりしたことを憶えています。A.C.ブラッドレイ教授のシェイクスピア悲劇論を学び、ウィルソン・ナイト教授や大山敏子教授のイメジャリー（心象）研究の書物を読んだのもこの頃だったと思います。(4)二年生の秋、文部省の海外派遣留学試験に合格し、三年生の九月から一年間、米国のミシガン州立大学への留学が決まりました。

廣田さんは、あまり海外に関心をお持ちにはならなかったのですか。国文学の道をまっしぐらに進まれたのですね。

廣田　ともかく日本が好きだったんですね（笑）。学生時代からかけ出しの頃には興味の赴《おもむ》くまま、日本中をあちこち、友人たちと色々な旅行をしましたが、一番感じたことは、あとから読んだ宮本常一の『忘れられた日本人』の言葉を借りますと、こんなところにも人は住んでいるんだという驚きでした。また、古くからの祭りに心動かされました。

私は深く日本を知りたかっただけですが、逆に、勝山さんは外国にあこがれを持たれていたのですね。

勝山　いま思うと、恥ずかしいぐらい西洋の文化にかぶれていました（笑）。ともかく、中学生の頃から憧れていたアメリカでの学生生活ですから、期待を胸に渡航しました。

留学先でも意気込んで「イントロ・シェイクスピア」という授業を取りましたが、これには本当に苦労しました。日本だと一年間でひとつの作品を訳しながら、じっくり精読するといった方式ですが、ミシガンでは三ヶ月間で七作品を読まされ、ともかく明けても暮れても予習・復習に追われる毎日でした。

授業を担当された教授が、シェイクスピアと同じ髪型という印象的なかたでした（笑）。教授は、毎回シェイクスピアの全作品を収めた一冊本の全集を教室に持ってこられ、時に口ミオになりきり、時にジュリエットになって、教室で台詞を朗読され、シェイクスピア作品が舞台の台詞であることを叩き込まれました。

廣田　そのころの授業は、どんな内容だったのですか。

勝山　この時の研究方法は、「ニュー・クリティシズム（New Criticism）」と呼ばれる批評手法です。「ニュー・クリティシズム」以前は、文学作品を作者の伝記的要素や創作された時代背景と関連づけて解釈することが一般的でした。しかし「ニュー・クリティシズム」を標《ひょう》榜《ぼう》するクレアンス・ブルックス教授たち批評家は、作品そのものを、執筆した作者や生み出した時代と切り離して考えることを強く主張しました。文学作品を自律性をもった芸術品と考える、という立場に立って分析・解釈することを提唱し、それまでとは違った批評方法を打ち立てたのです(5)。したがって、作品の解釈をするのに、作者の伝記的事実や時代背景を知る必要ありません。作品はひとつの芸術品として完成しているので、読者はその作品の精読を通して、作品に描かれた主題に辿り着けるとされました。作品の意味は、外部の様々な要因に左右されるのではなく、文学テキストの中にあるとされたのです。

一九三〇年代後半に登場したこの批評方法は、一九六〇・七〇年代のアメリカの大学では文学教育の枢軸となっていました。マスプロ的な大学教育において、作品分析の手法を指導するのに、「ニュー・クリティシズム」は最も合理的な方法であったのかもしれません。

廣田　シェイクスピア研究にもニュー・クリティシズムは影響したのですね。

勝山　シェイクスピアの授業においても、時代と作品の関係などには注目せず、作品の中に展開される比喩表現であるイメジャリー（心象）をカードに記録して、それらが作品の主題とどのように関係しているか、といったことを探るという宿題が繰り返し出されました。

一年間の留学が終わり帰国した後もシェイクスピアの勉強を続け、卒論にはシェイクスピアの問題劇とされている『尺には尺を』を取り上げました。(6) 西洋かぶれに続いて、シェイクスピアかぶれです（笑）。

古代文学のテキストと超越者

廣田　そのことから言えば、私は全くの『源氏』かぶれでした。

自分で申し上げるのも変ですが、私は「敬虔《けいけん》な」仏教徒です（笑）。先祖代々、浄土真宗の信者です。私の住んでいるところは大阪の近郊ですが、未だに古い制度や慣習が残っており、神社やお寺などとのかかわりは深く、思考や心情については、小さいときから形成された気質というか、精神性というか、それは案外深いものがあります。

そのこともあって、日本の古代文学を考えるときに、私がいつも意識しているのは、超越者をどのように見るかということです。私は、日本の古代では、神と、仏と、天皇という、三者がテキストとどのようにかかわるのか、ということを考えることにしています。

勝山　そのような捉え方からすると、『源氏物語』はどのようになるのですか。

廣田　『源氏物語』にしても、狙いは同じです。

勝山　どんな「狙い」があるんですか。

廣田　例えば、紫式部の伝記を調べますと、親や先祖、親戚縁者に歌人がたくさんいます。さらに、父藤原為時《ためとき》は漢学者でした。花山天皇の皇太子時代の侍読《じどく》―学問を御進講申し上げる係だったという経験をもっています。『源氏物語』に七九五首もの和歌が組み込まれていること、漢詩文に関する記述が登場すること、この二つは紫式部が受けてきた教育と関係があります。ところが、私は作者の意識・無意識の両面を考えると、教育や勉強などで得られた知識は、あくまでも意識上の問題だと思います。

　ですが、もうひとつ、紫式部は女性だったということがあります。おそらく古い伝統や伝承が無意識の世界に抱えこまれていたと推測できます。しかも紫式部とて、耳学問で得たことは沢山あったと思います。

つまり『源氏物語』は、漢詩文の知識や和歌の教養だけでは書けません。物語を支える構成力は、この古くからの伝承的な枠組みによらなければ可能とはならなかったと思います。もちろん、新たな文体の獲得ということも不可欠ですが、そして作者の、この意識・無意識の世界と、神や仏、天皇という存在がどのようにかかわるのかが問題だと考えるのです。

勝山　なるほど、作家個人の意識と無意識というのは興味深いですね。教育によって作り上げられた意識と、伝統や伝承によって培《つちか》われた集団的無意識が織りなすものこそ作品だとお考えなのですね。

廣田　私たちの時代は、同志社の内外で、「歴史社会学派」*と呼ばれる先生方に指導を受けましたので、テキストは歴史的に捉えるべきだということを、最初から「摺《す》り込まれ」ました。その後すぐ、構造主義*の洗礼を受けて、すべては構造に還元できるという、文化人類学の考えが、私たちの時代を席巻《せっけん》しました。私は、そのころ話題になっていた山口昌男氏に、若書きの小文を引用していただいた（「天皇制の象徴的空間」『天皇制の文化人類学』岩波現代文庫、二〇〇〇年。初出「中央公論」）こともあって、その後も随分と影響を受けました。

極端な振り幅ですから、これは混乱します。

しかし、よくよく考えてみますと、構造主義に徹するとなると、すべてを構造に還元してよいのか、研究とはこんな単純なことでよいのかという疑問が湧いてきます。国文学からすると、構造的な理解だけでは、テキストの個別性や個体性は見失われてしまいます。そこで、構造的理解のその後をどうするのかが、長い間私の悩みでした。それでもう一度、歴史的な視点でテキストを表現に即して読む必要があると考え直し始めたのが、私が五〇歳のときでした。

影響を受けた研究者

廣田　私は大学に入ったとき、先輩から教えてもらったのが、*風巻《かざまき》景次郎という国文学研究者でした。風巻は、自分の文学との出会いについて、若き日に、小さな展覧会で「二十号ばかりの油絵」を見て初めて「春愁の嘆息」ともいうべき「うずく体感」を経験したとき、自分が「芸術」というものに出会った、と告白するところから始めています。

これは衝撃でした。文学研究を、こんなふうに正直に、文学が自分の内面とかかわっていると言挙げすることから始めてよいのだ、と思ったからです。

風巻は、文学は私の中に発生するのだというのです[7]。文学は、私にとって意味のあるものが意味があるのであって、出会わないものは私にとって文学ではないというのです。

何も手がかりもなくさまよっていた新入生の私に、この言葉は燈台のような明るさを放って私を導いてくれました。大学の前にあった「わびすけ」という喫茶店のコーヒーが八〇円、バス代が三〇円だった時代に、第一巻が二八〇〇円、第二巻以降は四八〇〇円という、恐ろしい値段の全集が出て、貧乏学生だった私は空腹を我慢しながら、順番に買って読みました。もうひとり、私が大学に入った頃、刊行されたばかりの益田勝実*の『火山列島の思想』（筑摩書房、一九六八年）に衝撃を受けました。益田さんの業績は今、すべてちくま文庫で読むことができます。

　ともかくこの書で、それまで『古事記』をそのまま神話と考えていた、私の「素朴な」理解はみごとに打ち砕かれてしまいました。益田氏は、『古事記』ではなく『風土記』の中に本当の神話が在ることを示して見せてくれたからです。それで、早くから『風土記』は面白い、ここに日本在来の神話は記憶されていると感じていましたので、これは説話や物語の分析にやがて繫《つな》がるに違いない、と感じました。

勝山　面白いですね。益田説は、その後どんなふうに展開したのですか。

廣田　国文学研究の側からいえば、それぞれの文献における神話の組み込まれ方が違います。『日本書紀』は対外的な対抗意識の中で書かれた、公の歴史書ですが、『古事記』は古代天皇による統治の正統性を保証する神学的な書であるといえます。

そのような『日本書紀』や『古事記』は、古代天皇制にとって神々の体系の、新たな編成を企てたものであり、神話はそれらの文献に組み込まれるにあたって、少なからず改変を受けていますが、古代天皇制以前の神話は、地誌たる『風土記』の中に、あまり変容させられることなく記憶されている、と予想することができます(8)。

勝山　古代天皇制の以前と、以後とを分けるのはなぜですか。

廣田　ここで、古代天皇制以前云々というのは、天皇制によって神々が組織される以前の、もしくは古代天皇制の枠組みの外にある、在地の素朴な神話があるということです。

つまり、『風土記』には、古代天皇制からの変容を受けなかった神話が記録されている可能性があると思います。そのような「純粋な」神話こそ、後の説話や物語などの基層をなしている、とみることができます。

最近では、著書の「あとがき」に、両親に感謝する云々という記事をよく目にします。年寄の私は、こんなことを「あとがき」に書くなんてと、さすがに気恥ずかしくなってしまいますが、学恩を蒙《こうむ》ったという意味で、勝山さんが学問形成の過程で一番影響を受けられた研究者はどういう方ですか。

勝山　私も、学問的な影響を受けた方はたくさんいますが、大学院での留学時代の先生がやはり一番に思い浮かびます。

ちょうど一九八〇年代初頭から、「新歴史主義（New Historicism）」や「文化唯物論（Cultural Materialism）」と称する新たな批評の動きが、ルネッサンス英文学研究を席巻し始めました。米国では西海岸にあるカリフォルニア大学バークレイ校のスティーヴン・グリーンブラット教授、英国ではサセックス大学のジョナサン・ドリモア教授やアラン・シンフィールド教授が多くの研究者の注目を浴びていました(9)。

頭角《とうかく》を現してきた研究者たちには、みんな反体制的な香りみたいなものがあって、従来の文学批評に対して批判的でした。世界的に学生運動が盛んだった時代に、大学生であった世代が大学の教壇に立ち始めた頃だったのだと思います。研究書に掲載されているシンフィールド教授の写真なんて、革ジャンを着たロック・ミュージシャンみたいな格好で、おかしかったですね（笑）。

論文も、今までのものとは随分《ずいぶん》違っていました。特にグリーンブラット教授の有名な論文「目に見えぬ弾丸」を読んだ時は、何か今までとはまったく異なる論文を読んだという気がして、心底驚かされました(10)。

廣田　何に驚かれたのですか。

勝山　論文「目に見えぬ弾丸―ルネッサンスの権威とその逆転、『ヘンリー四世』『ヘンリー五世』」は、新大陸植民のため現地の調査にあたったトマス・ハリオットという人物の記した報告書の分析から議論が始まります。そしてこの新大陸の植民において白人が原住民に対してとった方法が、シェイクスピアの劇『ヘンリー四世』および『ヘンリー五世』において、王権が民心掌握に使用する手法と類似していることを証明しようとするのです。同時代に書かれた新大陸報告書と演劇を同じ土俵のうえで論じることなど、それまで考えもしませんでした。

文学作品を時代から切り離し、作品の自律性を主張してきた「ニュー・クリティシズム」から一八〇度の方向転換でした。作品を時代から隔離するのではなく、むしろ時代の文化の脈絡《みゃくらく》の中に、作品の意味を浮かび上がらせようとする手法は、まさに画期的でした。また政治権力による民衆操作という発想を、新大陸報告書と演劇の中に等しく読み込もうとする解釈の方法も斬新《ざんしん》でした。作品の生み出された時代に注目した「新歴史主義」批評は、「ニュー・クリティシズム」で育った私が演劇に対して抱いていた感覚を、完全に転覆させてしまうだけの迫力を持っていました。

廣田　「新歴史主義」とは、どのような方法、立場ですか。

勝山　私たちはしばしば、文学はフィクションで、歴史は事実を語っていると思い込みがちです。しかし歴史の記述も主観的なものに過ぎず、歴史を書いた個々の人間の思想から自由にはなれません。極端な言い方をすれば、歴史もまた、歴史家が自分の見方や考え方を表現した、ある種のフィクションに過ぎないのかもしれません。真実を記した客観的な歴史書などというものは存在しません。そこには必ず書いた人間の考え方が反映されているはずです。私たちが歴史と考えているものも、過去の時代に、その世界を生きていた人々の抱いていた、様々な世界観のひとつに過ぎないのです。

　あらゆる事象は、その時代を生きた人々の立場や見方によって、違った意味合いを持つものとなってしまうはずです。これは現代社会においても、近代史をめぐって各国の主張が対立する事実を見ればわかります。そしてひとつの国の中でも、個人の意見はそれぞれ異なります。

廣田　かつての歴史主義との違いは、どこにあるのですか。

勝山　従来、歴史主義と呼ばれる文学批評は、まず代表的な歴史や時代の理解というものがあって、文学作品がその時代を映しているといった考えに立っていました。歴史は作品の背景でしかありませんが、背景にある歴史の理解が作品理解を助けてくれると考えられていたわけです。しかし、代表的と言えるような、客観的な立場から書いた歴史という前提そのものが、間違っていたのです。

「新歴史主義」は、ひとつしかない歴史を考えるのではなく、常に複数の歴史のとらえ方が存在し、それらが共存あるいは対立し合いながら、まるで不協和音のように、その時代を創っていると考えます。そうした歴史を生み出している様々な声は、政府が編纂した公文書の中ばかりでなく、演劇、旅行記、航海日誌、医学書、説教、論説、散文パンフレット、そして個人の日記にいたるまで、すべての書き物、すなわち言説《げんせつ》（discourse）の中に見出すことができます(11)。

さらに、書物ばかりではなく、絵画、彫刻、地図、そして祝祭《しゅくさい》の山車の装飾などといったものも、分析の対象となりえます。同時代の人々の抱く価値観は、こうしたあらゆる文化的遺産の中に埋め込まれていて、時には対立する価値観が、互いに衝突しあう形で記録され、後世に伝えられていると考えられます。「新歴史主義」は、フランスの哲学者ミシェル・フーコーの思想の影響のもとに展開されています(12)。

廣田　作品を言説一般に押し戻すと、文学そのものが解消してしまうことは、ないのですか。

勝山　そもそも「文学（Literature）」という概念そのものが、かなり曖昧ではないでしょうか。

シェイクスピアが活躍していた時代においては、演劇と他の印刷物が分かち難く結びついていましたし、シェイクスピア自身も自分の劇作品をおそらく「文学」と考えて執筆したわけではないでしょう。劇場の観客も、舞台にかかる芝居を「文学」などとは思っていなかったはずです。「文学」ということばを、現代の私たちが使う意味で使用するようになったのは、もっと後の時代のことのように思います。当時書かれた歴史書も、ある意味で作者のフィクションだと言う発想に立つと、歴史書と文学の境界は曖昧になります。詩や演劇だけを文学と分類し、同時代に印刷物として出回っていた年代記、論説、医学書、説教、散文パンフレット、そしてバラッドなど、これらをすべて文学という枠組みから外れるものとして締め出してしまうことには、問題があるように思います。

「新歴史主義」は、こうした意味で「文学」とは何か、と言う重大な問いかけもしています。従来の文学批評家が「文学」と規定しているものだけが研究対象となることに、疑問を投げかけているわけです。

先ほどお話ししましたように、歴史を構成する要素が様々な文化現象の中に存在していると考えると、芝居はそれが書かれた時代の歴史を映し出しているのではなく、演劇作品もまた歴史を構成するひとつの要素だといえます。作品自体が歴史を創り出しているのです。

「新歴史主義」は、書物ばかりではなく、絵画、彫刻など、時代のあらゆる文化を研究対象とすることから、別名では「文化の詩学」批評という名でも呼ばれています。[13]

個々の歴史が、それらが書かれた時代から自由でないのと同様、人間もまた時代の価値観やイデオロギーから自由にはなれません。文化人類学者クリフォード・ギアツは、あらゆる人間は自分の生きている社会の文化の束縛から逃れることはできないと言っています。[14] こうした文化人類学の考えを受け継いだ「新歴史主義」は、時代や文化を超えた普遍的な人間性という考え方に懐疑的です。恋愛感情や親子の愛情、生や死に対する価値観も時代によって変化すると考えられます。従来、文学は時を超えて変わることのない人間の本質を描いているとされていたことへの、アンチテーゼです。

廣田　私は言葉によって捉えられたものが文学研究の対象とできると考えてきました。勝山さんのお考えと、私の考えとどこが同じで、どこが違うのかが知りたいと思います。

私は、いかなる表現も歴史的であることを免《まぬか》れないということを出発点にしています。そこにいう表現とは、伝達を目的とするコミュニケーションではなく、ひとつのまとまりをもったテキストです。それは、認識であり、思考であると考えるわけです。

古代人の生き方を、中世人や近代人が「勝手に」批評することは慎むべきだという立場です。その時代、その時代で懸命に生きた人を、その時代の歴史的文脈の中で理解すべきだという立場です。

勝山　作品をそれぞれの時代の歴史的文脈で読むという点は、まったく同じ立場に立っているのではないでしょうか。

ただ廣田さんが、歴史を「伝統的」枠組みとして考えておられる点、この伝統という部分では、すこし違うかもしれません。

西洋文学研究の中にもアーキタイプ（原型・祖型）批評があります。この批評は、人間の集団的無意識が物語を形成するため、類似の神話や伝説が存在したり、異なる文化の中に似たようなエピソードが確認できることを説いています。

廣田さんが「歴史」とおっしゃる時には、このアーキタイプの発想のように、通時的な意味を込めて、時代を超越して存在する縦軸の繋《つな》がりを言っておられるように思います。私のいう「歴史」は、その作品が生み出された時代のことですので、共時的な意味を持つ「歴史」です。この縦軸と横軸の違いがあるのではないでしょうか。

廣田　勝山さんが「新歴史主義」と出会われたのは、いつの頃のことですか。

勝山　大学院の博士後期課程で「新歴史主義」の書物を読むようになっていた頃から、もう一度米国へ留学したいという思いに駆《か》られるようになりました。ちょうどタイミング良く、ハーヴァード・イェンチン研究所がアジア人学生を募集する奨学金給付制度に応募してみないかという誘いがありました[15]。

試験や面接をへて、ハーヴァード大学大学院から奨学金が出ることが決まったことは、もちろん嬉しかったですが、それ以上に、グリーンブラット教授が客員教授としてカリフォルニアからハーヴァードに教えに来られていたことには感激しました。

大学院の少人数ゼミで、教授から直接に「新歴史主義」の考え方を学ぶことができたことは本当に幸運でした。既に教授の提唱する批評方法が、ルネッサンス文学研究の地平を塗り替えつつあり、その著書『ルネッサンスの自己成型（*Renaissance Self-Fashioning: From More to Shakespeare*）』は米国の多くの大学で標準的テキストとして指定されるほどでした。「新歴史主義」は、その後二〇年以上の間、英国ルネッサンス文学研究の主流としての役割を担ってきました。

廣田　やはり学問を学び始める時期に、大切な先生との「出会い」があったのですね。

勝山　それは、あると思いますね。私の場合は、ちょうど良いタイミングに、大切な先生に出会えて、非常に幸運であったと思います。

「新歴史主義」の批評家の他に影響を受けた批評家として、もうひとり、やはりエドワード・サイードの名前も挙げておきたいと思います(16)。

キリスト教西洋帝国主義は「自己」を規定するために、非キリスト教東洋を「他者」とし、西洋が合理的で成熟しているのに対し、東洋は非合理で未熟であるという二項対立的な概念「オリエンタリズム」を用いて、東洋を精神的に支配しようとしました。アジアや中東に対して、西洋が自らの植民地支配や帝国主義を正当化するために創り出した「オリエンタリズム」という概念へのサイード教授の批判は、西洋文学を研究する東洋人の私にとって、大いに教えられるものでした。特に西洋かぶれの私には、自省の意味も含めて、傾聴《けいちょう》すべきものでした。

廣田　勝山さんにとって、サイード教授の存在も大きいのですね。

勝山　ヨーロッパ文学の中で植民地はどのように描かれているか、あるいは植民地の文学に宗主国はどのように描かれているのか、といった問いかけは、多くの植民地が西洋支配からの独立を果たした二〇・二一世紀には非常に重要な問題です。もちろん、ポスト・コロニアル批評を標榜《ひょうぼう》するサイード教授の理論は一九世紀の西洋植民地支配を念頭に展開されているため、そのまま一五・一六世紀における西洋と東洋の関係にあてはめることはできません。

しかし、偏見をもって他者の存在を規定し、自らの価値観を正当化しようとする西洋的発想は、既にルネッサンス期にも見出すことができます。アイルランドの植民地化を推し進めようとするイングランド人の発想の中に、あるいはオスマン・トルコ帝国やペルシャ帝国など、強大なイスラム世界と対峙したキリスト教イングランド人の胸中に、そうした脅威と偏見の感情を辿《たど》ることができるはずです。シェイクスピアの作品には、アイルランド人やイスラム教徒であるムーア人などが登場します。また芝居の舞台が、キリスト教圏とイスラム教圏が互いに覇権を争う地域であったりもします。こうした作品に登場する文化的他者をどのように解釈するかは、とても重要です。

廣田　なるほど、よく分かりました。勝山さんの学問は若いときから、ずっと一貫性があるんですね。右往左往してきた私とはずいぶん違います。

勝山　いえいえ、私も右往左往しております。

「新歴史主義」の手法を使った分析が私自身の批評の根幹を成していますが、演劇の検閲問題、主体形成の問題、宗教と演劇の関係、英国地図製作と演劇の関係、「ポスト・コロニアリズム」の影響のもとにおこなったキリスト教世界とイスラム教世界の研究、東方への旅行記の研究など、興味の対象は変遷というか、まさに右往左往してきました。

研究は、必ずしも順調に進むわけではありませんから、あちらで躓《つまず》き、こちらで躓きの連続です。

廣田　ひとりの研究者の航跡は、変化するとしても必然性というか、連続性があるべきだと思うのですが、私は自己否定的な転換ばかり繰り返しましたので、躓きの内容が情けないほど違います。

ともかくそうすると、勝山さんはこれからも、「新歴史主義」の立場から研究を進めて行かれるということですね。

勝山　基本的には、その方向なのですが、「新歴史主義」の手法は、どちらかというと政治的批評という印象が強く、作品と経済動向の関係への考察がやや希薄なように思えます。経済的な事象への関心は、当初から「新歴史主義」の中にもあったのですが、政治的な解釈が前面に押し出されてきました。

それで最近では経済と演劇の結びつきに着目した研究に取り組んでいます。一六・一七世紀は、封建社会の価値観が徐々に初期資本主義の価値観に書き換えられていく時代です。そこには両価値観の葛藤や衝突といった複雑な駆け引きが見られ、なかなか興味深いです。

歴史経済学者フェルナン・ブローデル教授の研究を通して、地中海の交易について調べるうちに、当時の人々の生活や価値観と交易の関係に興味を抱くようになりました[17]。大航海の時代とも呼ばれるルネッサンスの交易、特にアジア、中東、西ヨーロッパ、そして南アメリカを結ぶグローバルな交易と演劇文化との関係を解き明かす研究は、まだまだこれから進めていかなくてはならない分野であると思います。

研究状況をどう捉えるか

廣田　同じ大学の同じ文学部に所属しながら、勝山さんのご研究のことは何も存じ上げずに参りましたので、こうやって勝山さんと文学についてお話できるということは大変光栄なことです。

この間、政府の方針でも、世間の評価でも、場合によると学内でも、文学や文化系の学問は軽視され、ひどい偏見を蒙《こうむ》っています。

学内的なことでいえば、文学部から教育学専攻と心理学専攻とが、それぞれ独立して学科や学部に昇格しました。大学内部でも、文学部の立場が学内において弱体化したという声も聞かれますが、そんなことは根本的な問題ではありません。あるいは、われわれが「取り残された」のでもありません。学内外の政治的なことよりも、学問研究の側から、われわれが自分の身の丈に合わせて、どのような学的役割を果たすかということの方が重要です。むしろ「残された」文学部は、英文学と国文学という違いはあっても、研究対象として文学を共有するという点が、逆に尖鋭《せんえい》になったのだというふうに捉え直したいと思います。

勝山　おっしゃるとおり、学内外のめまぐるしい変化のなかで、文学部の存在意義をいまいちど確認すべき時に来ているのかもしれません。まず、どのような点から話し始めたらよいでしょうか。

廣田　具体的に申しますと、文学とは何か、これから文学研究をどのように考えて行くかということについて、ともかく専門を越えてお互いに意見交換することで、これからの展望を切り開く手がかりを探ることはできないでしょうか。

とはいえ、一挙に問題を共有することは難しいと思います。というのはまず、国文学と英文学とでは、研究全体の状況が異なるかもしれないからで、そのあたりからお話しいただいた方がよいかもしれません。

英文学はいかがでしょうか、国文学は、国公立大学と同志社のような私立大学とでは研究環境が違います。何よりも、古典の原典にあたるテキストそのものが大学にあるかないかで、研究の出発点は随分違ってきます。同志社では創立以来、一四〇年の伝統のある英文学の学科・専攻と、戦後に創設された後発の国文学の学科・専攻とでは、研究条件が全く違います。ですから、私などは若いころ、古い写本を所蔵していない国文学専攻だからということで、先生方から繰り返し「紙とペンで研究しろ」と言われました。しかたがないので、私は民俗学や文化人類学、昔話研究、考古学などの知見《ちけん》を参照しながら、文学研究特に古代文学研究の方法を試行錯誤したというか、「迷走」してきました。まさに惨憺《さんたん》たる失敗の歴史です（笑）。

私は専門が古典なので、日本の古典に限って申しますと、国文学では『萬葉集』や『源氏物語』など、古代のテキストについては、すでにひととおり＊本文校定《こうてい》が行われており、諸本間の異同や翻刻《ほんこく》、索引、さらにそれらに基づいて注釈・評釈研究が重ねられています。よく「もう何も研究するところがない」というのは、ここまでの範囲のことです。

勝山　なるほど、シェイクスピア研究にも当てはまる部分があるように思いますね。

廣田　『源氏物語』などは一年間の研究論文が一〇〇〇件を超えるともいわれるほど盛況を呈《てい》しています。ところが、中世では、軍記物語の方は基礎的研究は随分と整備されてきましたが、それでも古代文学に較べると、まだまだです。

一方、説話文学の方は有名な『今昔物語集』や『宇治拾遺物語』などでも、一応、出典研究が大きな成果を残しており、研究書や注釈書も揃《そろ》ってきたとはいえ、注釈の面ではなお未整備の状況にあると思います。まして、近世文学では、聞くところによると、未紹介の文献は山ほどあるようで、出典研究がまだ、これからもっと行われるでしょうから、文学史的な見通しはなかなかつかないのではないかと思います。

それで、大学において私の担当しております中世の物語・説話文学の研究で、何が肝要かと申しますと、基本的には、まず注釈と、それを踏まえての比較研究です。

私は外国語は大の苦手で、もちろん英文学については全く昏《くら》いのですが、勝山さんのご専門はどのような状況ですか。

研究対象はどこにあるか

勝山　いま廣田さんは、国公立大学と私立大学で研究環境が違うというお話をされました。古典の原典テキストがあるかないかということで出発点が違うとのことですね。その点におきましては、私ども外国文学研究は全く不利です。

シェイクスピアをはじめルネッサンス期の文献は、ほぼ英国にあり、私たちは容易に閲覧ができません。近年は、演劇作品の研究においても、同時代の様々な文献を読むことが求められ、年代記や説教集はもちろん、航海日誌や医学書、裁判記録や個人の日記も研究の対象とされています。極東に暮らす私たちには、到底、手の届かない資料です。

しかし徐々にデジタル化が進んでいますので、世界のどこにいようがインターネットさえ繋《つな》がれば、文献にアクセスできるようになりつつあります。ほんとうに便利な世の中です。

廣田　まだアナログの時代を生きている私には、想像できない研究環境です。

勝山　ところで、本文校訂の研究に関してですが、一六一六年にシェイクスピアが亡くなり、七年後の一六二三年にフォリオ版の全集が出版されました。フォリオとは紙の大きさを意味します。日本語では「二つ折り版」と呼んでいます。

しかしこれはシェイクスピア自身の企画によるものではなく、彼の知人によって、作品が集められ出版されたものであるため、シェイクスピア自身が納得のいく全集であったかどうかは、疑わしい部分があります。また、この全集出版以前にも、劇作家の存命中に多くの海賊版が出回っていて、本文校訂作業は、このいくつかの版を比較対照する作業から始まります。

廣田　もとにする版が違うと、何がどう違ってくるのですか。

勝山　版の違いは、台詞に含まれる語彙の相違はもちろん、場面の違いや、作品の長さそのものの違いまで、数多くあります。『ハムレット』も三つの版が現存しています。自筆原稿は現存していません。『ハムレット』に限らず、シェイクスピアの自筆原稿は、一切発見されていません。

まず一六〇三年に出版されたクォート版（フォリオより小さな大きさの版、日本語では「四つ折り版」）の存在があります。表紙には、ロンドン市内で繰り返し上演され、オックスフォード大学やケンブリッジ大学でも上演された芝居であるとの印刷文が見られます。これはわずか二一五四行しかなく、校正も不充分なものであることから、本

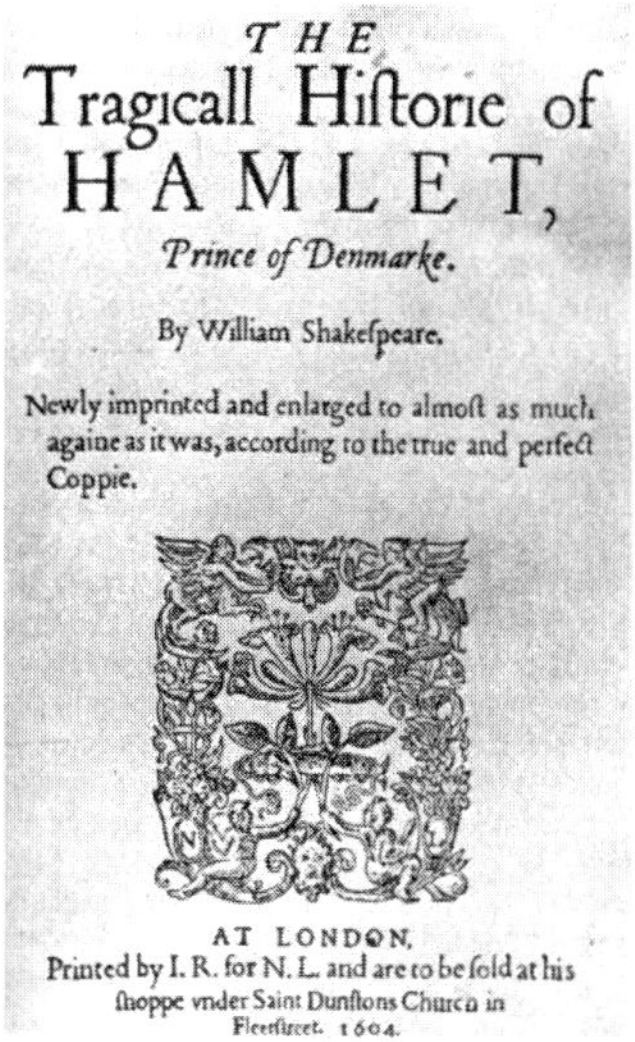
THE
Tragicall Historie of
HAMLET,
Prince of Denmarke.
By William Shakespeare.
Newly imprinted and enlarged to almost as much againe as it was, according to the true and perfect Coppie.
AT LONDON,
Printed by I. R. for N. L. and are to be sold at his shoppe vnder Saint Dunstons Church in Fleetstreet. 1604.

『ハムレット』第二・四つ折り版

THE
Tragicall Historie of
HAMLET
Prince of Denmarke
By William Shake-speare.
As it hath beene diuerse times acted by his Highnesse seruants in the Cittie of London: as also in the two Vniuersities of Cambridge and Oxford, and else-where
At London printed for N.L. and Iohn Trundell.
1603.

『ハムレット』第一・四つ折り版

来の原稿に基づかない、芝居の縮尺版だと考えられています。

その後、一六〇四年にもうひとつのクォート版が登場します。こちらには、真正《しんせい》の原稿に基づいて印刷され増補された新しい版であるとの謳《うた》い文句が表紙に印刷され、台詞の行数も三六七四行におよぶ堂々たるものです。しかし上演するとなると四時間を超える作品であることから、おそらく上演用ではなく、どこかからシェイクスピアの原稿を入手して、版を組み印刷したのではないかという憶測《おくそく》がなされています。

そしてその後、一六二三年に出版されたフォリオ版全集に『ハムレット』が収められています。これは一六〇四年に出版された大部なクォート版『ハムレット』に比して、三五三五行とやや短いのですが、問題は単に台詞の削除があったのではなく、二二二行分の台詞がなくなった以外に、新たに八三行が加筆されているということです。

『ハムレット』第一・二つ折り版

廣田　考察の対象として据えるべき本文に、そのような歴史的階梯があるとは驚きです。

勝山　こうした事情から、テキストをめぐる研究は困難を極める事態となりました。果たして、シェイクスピアの構想した真正《しんせい》『ハムレット』はどのようなものだったのか。二〇世紀前半の本文校訂作業は、いくつかの版をもとに、シェイクスピアの意図したとされる完全原稿を作り上げる作業に心血を注《そそ》いできました。

廣田　それは大変な作業ですね。

勝山　ところが現在では、この方法は間違っていたとされ、それぞれの版そのものを批評・検討する方向へと動いています。シェイクスピアの意図したとされる完全原稿を想像して、異なる版を組み合わせることによって、各々の編者の空想の名作を作り出すことの無意味さに気づいたわけです。この間違いに気づくのに随分時間がかかり、多くの研究者が膨大な時間を費やしてしまいました。

廣田　そうなんですか。

　失礼ながら、シェイクスピアに関する本文校訂のことなど、全く存じませんでした。まずテキストがどこにあるか、どこに定めるかということ自体が問題ですね。とはいうものの実は、それは国文学でも同じことです。

勝山　国文学において、対象とする本文はどのように措定されているのですか。

廣田　それは出発点であるとともに、究極の難問ですね。

単純に申しますと、平安時代に成立した『源氏物語』の優れた写本は、鎌倉期の藤原定家の書写した本文が基準となっています。最近では、定家以前の本文とはどのようなものだったかということが注目されていて、どうも定家以前の『源氏物語』は、今考えているようすとは異なっていたみたいで、そもそも原典が「完全で統一されたもの」だったはずだ、というのは幻想ではないかと思います。

勝山　国文学でも似たようなことがあるのですね。

廣田　この問題は、最近では『平家物語』研究でも言われていることで、どの時代、どの領域でも、古典研究は同じところにぶつかるのだと思います。とはいえ、紫式部の書いた「失われた」自筆本から約二〇〇年後の、鎌倉時代のテキストしか残っていないことも事実です。

あるいは、鎌倉初期に成立した『宇治拾遺物語』で申しますと、陽明文庫本という近衛家に伝わる写本が最も古くかつ優《すぐ》れているとされています。これは江戸時代初期の伝本で、鎌倉時代とはずいぶんと隔たっていますが、こちらの方は、江戸時代初期に板本として印刷され広く流布しますので、作者個人の個性の問題と、江戸時代の都市の文学という二面性を備えていると考えることができます。

いずれにしても、日本の代表的な古典は、成立した時期と、現存する伝本の書写された時期との間に大きなタイム・ラグがあるのですが、結局のところ、私たちにできることは、「遺された」伝本で読むしかありません。

ただいうまでもなく、『源氏物語』研究にもう可能性がないのかといえば、そんなことはなく、新たな研究による新たな切り口があれば、違った性格が現われるとは思います。

ところが、『宇治拾遺物語』のような説話研究では、まだ注釈も不充分なところがあり、従来の比較研究も、ややもすると恣意《しい》的な批評に陥りやすいものですから、批評というものにどのようにして一定の客観性を与えることができるかは、未解決な問題だと思います。

勝山　シェイクスピア作品の注釈・評釈研究としては、台詞で使用された語彙に関する研究があります。

一六世紀から一七世紀にかけての近代初期の時代は、近代英語の揺籃期《ようらんき》でもあり、意味や文法に不確定な要素がつきまといます。テキストの注釈者が、文法的考察や語彙の多様性などから本文に注釈を加え、それをまた批評家たちが批評・研究するということを続けています。テキスト本文の確定なども、台詞の意味の解釈に大きく影響します。些末《さまつ》な例を挙げますと、『ハムレット』の第一幕二場において主人公ハムレットが父の死を悲しみ、母の余りにも早すぎる再婚を嘆く場面があります。ここでハムレットは自分の身体が、雪が溶《と》けて露となるように、この世から消え去ってしまえばよいと苦悩します。彼は自らの身体を「この固い、あまりに固い肉体が、溶けて崩れ、露と流れてくれぬものか（"this too too solid flesh would melt, / Thaw and resolve itself into a dew"）」と言うのですが、この「固い（solid）」という語が曲者《くせもの》です。

廣田　諸本を比べながら分析すると、ずいぶん違ってきますか。

勝山　『ハムレット』の三つの版を見比べますと、一六〇三年と一六〇四年に出た二つのクォード版では"sallied"と書かれています。当時の綴《つづ》り法では"sallied"と"sullied"はしばしば混同して使用されたことから、"sallied"はここでも「汚れた（sullied）」という意味で使用された可能性があります。ハムレットは「この汚れた肉体が」と言いたかったのか、あるいは「この固き肉体が」と言おうとしたのか、研究者たちの熱い議論が交わされました。「固い（solid）」という語は、フォリオ版だけに見られるのですが、果たしてシェイクスピアの真意はどちらであったのか。なかなか興味深い問題です。

廣田さんのおっしゃる注釈は、おそらく英文学も国文学も同じような作業のようにお見受けいたします。

分析概念・方法的概念とは何か

勝山　注釈・評釈の他に、廣田さんが重要とされている比較研究は、私たちのシェイクスピア研究でも盛んです。

シェイクスピアは、創作に際して多くの書物を参考にしていました。神話や伝説をはじめ、年代記や旅行記、他の芝居の脚本などを手元に置きながら、劇作をしていたことが知られています。その他、もちろん聖書も、シェイクスピアの創作に大きな影響を与えています。

それぞれの劇作品において、すでに多くの種本《たねほん》（芝居の素材となった書物）の存在が指摘されていますが、その数は作品によって異なり、『テンペスト』のように決定的な材源がなかなか見つからないものもあります。また劇の中には、複数のプロットが同時進行するという形態をもっていて、いくつかの物語を合体させて作られているものもあります。劇の流れの中心となるメイン・プロットはこの材源から、そして脇筋であるサブ・プロットはあの材源から、というようになかなか複雑です。

廣田　英文学でプロットとかモティフというときに、研究者の間に概念として共通理解がありますか。

民俗学、例えば、昔話やメルヘンの研究における概念について、友人に尋ねてみますと、モティフはいちおう、「主人公がどうした」ということが基本だと言われるのですが、分析の実際は、設定や状況、心情なども混在していて、目を覆《おお》いたくなるというのが現状です。

プロットは国文学では、およそ趣向とか、筋立《すじだ》てなどという意味で使うと思うのですが、これもまた使い方は決まっていないので、こういう概念が、研究者ごとに、ばらばらに用いられるものですから、なかなか議論が前に進みません。

勝山　一般的に言うと、プロットとは劇や物語のなかで起こる出来事の経緯やパターンなどを指すと思います。

これに対してモティフというのは、作品を支配するアイディアや主題を言い、それを構成する登場人物やイメージあるいは使用される語彙によって醸《かも》し出されるものを意味するのではないでしょうか。西洋文学の研究では、こうしたものをまとめた文学用語辞典が多く出版されているので便利ですが、やはり個人によって微妙に使い方が異なるということは起こり得ます。

廣田　なるほど、やはりそうですか。

ただ、日本古典の研究では、代表的な作品については、出典の発見とか、プロットやモティフの類似などはほぼ調べ尽くされた感があり、研究の局面は今、注釈と比較研究にあります。それには訳があります。比較研究は構造の理解の手がかりとなり、注釈は表現の分析に不可欠です。

と申しますのも、説話を例にとれば、「説話」という本文 text は「すでに存在する説話」を「利用」して語り直したり、書き換えたりすることで生成するものですから、分析する側の印象批評的で、恣意《しい》的な「読み」に客観性を与えるには、注釈と並行するテキストとの比較とがポイントになります。論点は幾つかあると思います。

少し面倒な話になりますが、いいですか。

勝山　ええ、どうぞ。是非聞かせて下さい。

廣田　『宇治拾遺物語』を例にとりますと、まず出典との関係があります。

これはもう研究史における成果を恩恵として用います。一々の説話には何が出典であり、同話や類話にどのようなものがあるかが、ある程度は知られています。私は、出典というものを、説話を支える枠組み scheme の問題として捉えています。

ところが、過去に出典と判定されたテキストでも、新たに見つかった「作品」の方が「本当の」出典ではないか、という「見直し」も起こりえます。あるいは、作者が直接目にしたものを「出典」と呼ぶのか、同一説話や類似説話の淵源にある作品を、出典として基準にするのかで、考え方はずいぶんと違ってきます。

　ですが、現在に残っているテキストだけの間で「出典」を探すことでよいのかと考えますと、どうも分からなくなってしまいます。考えてみれば、現在に残っているテキストはたまたま残っているだけで、過去のテキストの全体ではないからです。つまり、考察する説話に対して、酷似《こくじ》しているか、なるほど似ているとか、似ているところもある、というふうに類似の程度には差があります。

勝山　確かに、似ているか・似ていないかということは、程度の差にもみえますね。

廣田　そこで私は、構成はもちろん表現まで一致するほど酷似する本文を同一説話、構成の類似に留まるものを類似説話と呼ぶようにしています。さらに、出典を基準としますと、

1　出典がインドや古代中国の文献にまで遡及《そきゅう》できるとされるもの。

説話本文と類似する文献があるというとき、本文同士が類似しているということは何らかの形で「*伝播《でんぱ》」のあったことは想定できるのですが、だからと言って伝播の「実態」は見当がつかないので、私は「伝播」論については留保しています。いきおい伝播論は出典

探しをもって研究を終えるということが多かったのですが、類似という事実こそ比較研究の出発点だと考えたいのです。

2　古い直接的な出典は見当たらないが、昔話と枠組みを共有するもの。

昔話*は民俗学が考察してきた歴史がありますが、時代の違う昔話と説話とを比較するのは、まずは構造的理解のためです。

3　日本における同時代の文献間にのみ枠組みを共有するもの。

4　同時代の都市伝説*と考えられるもの。

分かりやすく言えば、これは民俗学や口承文芸研究では、「噂話」とか「世間話」という概念で括《くく》られているものです。最近、私は平安京から京都へという都市の変容《へんよう》に対応して、『宇治拾遺物語』には、説話の生成だけでなく、説話の制作があることを認めてよいと考えるようになりました。と同時に文献相互の関係だけでなく、口承文芸の関与を想定できる場合もありうると思います。

5　孤立話*。

これは、残された文献の間では「孤立」していると見做《みな》されるものです。ただ、もしかすると編者が制作した説話である可能性もあります。

というふうに分類することができると考えています[18]。

まあ、こういったところが、私の説話研究の「最前線」なのですが、勝山さんの現在の課題というものはどのようなものでしょうか。

表象と表現と

勝山　私も、材源や出典との比較はとても興味があります。

シェイクスピアの場合、まず、

1　ギリシャ、ローマの古典を材源にしたものが重要です。**ローマの詩人オヴィディウスの『変身物語』**は多くの神話を記していますが、シェイクスピアをはじめルネッサンス期英国作家たちに大きな影響を与えました。

2　またギリシャの哲学者であり伝記作家でもあった**プルタルコスの『英雄伝』**もシェイクスピアの劇の題材に度々使用されています。

3　この他、**英国の歴史を記したラファエル・ホリンシェッドの『イングランド、スコットランド、アイルランド年代記』やエドワード・ホールの『年代記』**も歴史劇の執筆の際には、シェイクスピアの座右《ざゆう》の書であったことが広く知られています。

4　もちろん**聖書**も重要な材源でした。教会での説教を通して、民衆は聖書の中のエピソードを聞き知っており、劇に描かれるエピソードに敏感に反応したのでしょう。

5　シェイクスピアはかなりの読書家であったらしく、他にも**旅行記**、**航海記**、**説話集など**、幅広く読んでいたようです。日本で言う瓦版《かわらばん》のようなブロードサイドと言われる読み物から拾った物語もありますから、材源探しは世界中の研究者によって、現在も続けられています。

廣田　やっぱり、シェイクスピアの踏まえた作品ということになると、ギリシャ、ローマの古典や聖書、ということになるわけですね。

勝山　こういった材源や出典の他にも、一見すると、何の関係もないように思われるものとの比較もあります。

ここ何年か、私は英国地図の研究をしてきました。シェイクスピア演劇と英国地図の研究というと、全く関係がないように思われるかもしれません。しかし一六世紀という時代は、ちょうど英国で正確な測量に基づく地図の製作が盛んに行なわれた時代でした。

イングランドという王国を地図上にどのように表記するか、また隣国のアイルランドやスコットランドをいかに描くかは、統一国家の樹立のためにとても重要な問題でした。君主が地図を描かせるのは、自らの思い描く国家像あるいは世界像を具体的に形にしようとしているのだといえます。英国は、この地域からこの地域までを支配しているということを、目に見える形で示したかったのでしょう。

廣田　私も地図には、いささか興味があるのですが、地図の歴史というものは面白いものですね。

勝山　君主が地図製作に乗り出すということは、君主が歴史書の編纂を命ずるのと同じことです。自らの支配

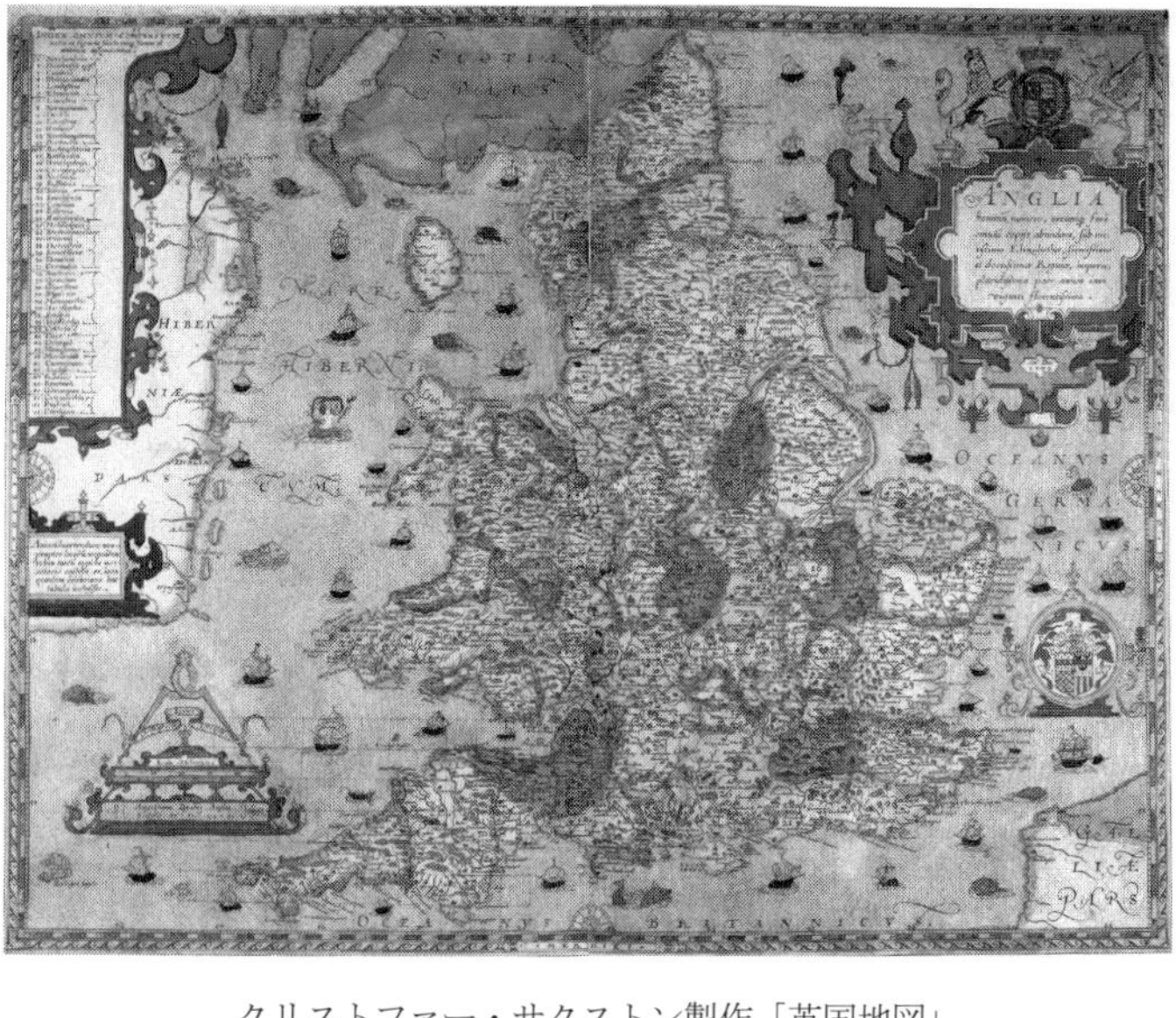

クリストファー・サクストン製作「英国地図」

権の正統性を、物語として語り継ぎたかったのだと思います。地図にしても歴史書にしても支配者の思い描く理想の国家像なのですが、その国家像を国民に共有させることが、まさに統治なのでしょう。

しかし君主が自らの権力を理想化して描こうとする地図には、建前や矛盾が含まれてしまいます。例えば当時のアイルランド王国を描いた地図には、イングランドによる植民がなかなか実現しないにもかかわらず、勝手にイングランド風の地名が書き込まれています。現状を無視して、エリザベス女王の思い描く国家像が、地図上に具現化しているといえるでしょう。地図を精査すれば、こうした当時の政権の心理的葛藤を知ることができます。

廣田　地図の成立や地図の変遷という問題は、社会像・世界像・宇宙像の転換の問題でもあるでしょう。

勝山　シェイクスピアは、その演劇人として生きた人生の前半を、エリザベス政権がイングランドの中央集権国家の樹立を押し進め、アイルランドを植民地化しようと派兵を繰り返した時代に過ごしました。そして人生の後半は、エリザベスが崩御し、スコットランドのジェイムズが王位について、イングランドとスコットランドを統合しようとした時代を生きました。同時にこの時代は、イングランドがアイルランドへの植民を始め、新大陸への植民を模索することで、ブリテン帝国の理念を掲げた時代でもありました。

時代の潮流の中で、シェイクスピアは国家形成の問題を題材に度々筆を執り、試行錯誤を繰り返しながら劇作品を創作しています。彼の描く、英国史の捉え方や、英国という国家のあり方についての考えは、劇の中で複雑に錯綜し、時に矛盾し対立し合う概念を含むものとなっています。地図と演劇は一見まったく異なるもののように見えますが、そこにはひとつの時代を形成していく様々なイデオロギーの衝突し合う様が確認できると思えるのです。

私は、一六・一七世紀において、いかにして国家としての英国が成立したのか、そしていかにして英国人という意識が形成されたのかに興味があります。地図や演劇作品を通して、その答えを見つけたいと考えていました。

廣田　なるほど、おもしろい問題ですね。

勝山さんのおっしゃるように、作品をその時代の中に置くということは大賛成です。私のやりかたについては、歴史主義だと悪口を言われていますが、そうだとしても、作品を歴史的に捉えるにはどうすればよいのか、です。勝山さんのお話は、その手掛かりを示して下さっていると思います。

戦後の国文学は研究方法の上で歴史学にリードされてきましたが、歴史的に捉えるということは従来、国文学の側では、ややもすると支配者の側の政治的なものを歴史と捉えることに傾斜しすぎていたように思います。私のいう歴史は、かつてレヴィ・ストロースの考えたような、政治史のような「変化する歴史」(19)だけでなく、民俗や習慣、伝統的思惟《しい》など「変化しない歴史」をも包括するようなもっと広い概念です。

古代日本には「行基図」*という、日本を想像で描いた地図がありますが、古代文学を考えるとき、私はいつも伊能忠敬《いのうただたか》以前、幕藩《ばくはん》体制以前の社会観、世界観、宇宙観を考えることを念頭に置いています。地図はきっと社会像、世界像、宇宙像を表しているでしょうから、作者と読者の生きている時代の空気 **atmosphere** を復元するのに不可欠な問題だと思います。

ところで私は、「表象」という概念をあまり使わないので、勝山さんのお話は大変興味深いものがあります。文化人類学や宗教学の研究を拝見していると、同じ図像でも、イコンのような宗教的なものから、シンボル的なもの、デザイン的な図に至るまでさまざまな次元があるでしょう。それが均一に解釈されているように感じられて、いやいや、層差というか次元の差があるんじゃないかと思います。

言われる「表象」とは、文学研究だと、「表現」という言葉に近い概念ですか。

勝山　「表象」というのは、英語で **representation** とされる用語の翻訳です。

人間が世界をイメージし、それを描き出したものを総体的に指します。地図は、当時の人々の世界観や国家観の「表象」です。当時の地図の端にはしばしばその地に暮らす人々の姿が描き込まれていましたから、地図に描き込まれた異邦人の姿は、英国人が自分たちを主体として捉えて、他者を「表象」したものとなります。絵画、写真、彫刻、文学など、あらゆる芸術は「表象」と考えることができます。

廣田　国文学では一般に「表現」というと、語彙の次元をいうことが多いのですが、私は言葉による表現は、知識や教養、主題や意図といった意識的、自覚的次元だけでなく、もっと神話的、民俗的な、無意識的、無自覚的な枠組みを用いなければ、「ものを言う」ことはできないと思います。肺腑《はいふ》をえぐるような言挙《ことあ》げこそ、表現の本質的なものであって、私はこれを狭義の「表現」と考えています。

勝山　英文学においても「表現」という場合、語彙の次元を指すことが多いと思います。しかし人間が自己の内面を外界に投影したものが「表現」だとすると、廣田さんが主張されている神話的、民俗的、無意識的、無自覚的な枠組みが含まれます。あらゆる芸術が、人間の創造した「表現」だとすると、そこには作家の世界観が映し出されているはずです。当然、その時代を生きた作家の心の底に蓄積している神話や民話、さらに個々人は意識していなくても、社会全体が内包している宗教的道徳観や封建社会の倫理観といったものが、「表現」には投影されるように思います。

類型と個性

廣田　「表現」という言葉は、機能からいうと、表現する営み、言語行為をいうものと理解することも可能ですが、私は国文学という立場から、対象としてのテキストを限定して「言葉によって表現されたもの、そのもの」と捉えようとしているのですが、それに近いですね。

少し弁明させていただくと、私は過激なテキスト論者ではありません（笑）。テキスト論では、作品としての本文を、ひとつの自立したものと捉え、作者と切り離して捉えますよね。いったん世に出た作品が、作者と切り離されて、それ自体が独立して受容されることはよく分かります。ただ、私の実感では、日本の古代・中世において、テキストはまだ作者と、つかず離れずの関係にあり、テキストの展開にしばしば作者が「直接的」に介入するので、自立性とか、完結性というものが疑わしいように思えるのです。

もう少し言えば、私は「作者」と「作品」を単純に原因と結果として認めているわけではなく、「作品」の自立性、自律性も理解した上で、「作者」の介在を、一定程度認めざるを得ないと思います。古典の場合「作者」の企図する力は前提です。私は、若い世代の研究者から見ると、実に頑固な文学主義者です。

勝山　廣田さんが、分析の手がかりとすることはどんなことですか。

廣田　表現というときには、いささか古めかしいもの言いで恐縮ですが、風巻の言葉を借りて言いますと、私は「類型と個性」という問題を思い浮かべます。類型性の研究史については、よくご承知のことでしょうが、古いところでは、折口信夫*の「貴種流離《きしゅりゅうり》譚」[20]が重要です。友人たちは「ああ、あれか」と興味を示さないのですが、折口は、類型は陳腐なものではなく、類型の力がなければ表現できない、人の心を動かすことはできないと述べています。私が重要だと思うのは、そのような意味での類型なのです。

後には、『神道集』から帰納したとされる和辻哲郎*の「苦しむ神」「蘇《よみがえ》る神」という、類型の仮説があります[21]。これが「貴種流離譚」と、概念においてどう違うのか、ということをあれこれ議論することに、私は興味がありません。問題は類型性というものに対する興味です。

ちなみに、この和辻という思想史家は、『源氏物語』悪文説でもって有名で、悪い意味で戦後の『源氏物語』研究に影響を与えました。例えば、光源氏の人物造型に統一性がない、表現に繰り返しが多い、主語がない、描写がないなど、『源氏物語』を散々に酷評するのですが、私はこのような小説的理解こそ、まさに近代主義だと思います。

勝山　なるほど、近代的な小説理解をそのまま古典にあてはめようとする誤りですね。

廣田　そうですね、逆説的なことなのですが、和辻の近代的な指摘こそ『源氏物語』の古代性を浮き彫りにしているからです。つまり、和辻の中には、前近代なるものへの志向と、拭《ぬぐ》い難い近代文学主義との矛盾があります。古代文学研究者にとって、近代的とは悪口の批評ですが、近代文学研究者の中には、「近代的」とはなかなか良いものだ、プラス評価なんだ、と笑う人もいます。

いずれにしても、古典にとって類型性の指摘は不可欠で、まずこれを言わないと近代的な読みに歯止めがかからない。さらに、類型に対して個性をあまり対立的に捉えると、またぞろ近代主義に陥りかねない、というわけで、なかなか厄介《やっかい》です。

繰り返しになりますが、国文学の側では、風巻景次郎の提起した「類型と個性」という枠組みが重要だと思います。風巻は、文芸は「心の中に発生する」と断言します。それが、他の科学とは全く異なる前提なのだと思います。ですが、こんなことは、今や青臭いもの言いとして振り向かれなくなってしまいました（笑）。

一方、風巻は古典において「類型は民衆の友である」というのです。この問題提起は今なお大変重要な問題だと思います。この議論は別の機会に譲るとして、結局、古典の文芸批評において、類型と個性とをどのように組み合わせるかが肝要《かんよう》なのだと思います。

勝山　確かにおっしゃる通りだと思います。

神話や聖書の中に描かれた物語を人々が共通の基盤として持っていた「類型」だと考えると、そこにシェイクスピアがどのように自らの「個性」を盛り込んだかが重要だと思われます。

廣田　もちろん「類型」というものも、向けるまなざしによって見えてくる次元が異なるので、ひとつの作品の中で言えば、話型や構成という枠組みをいうものから、聖人の言葉や歌、諺や慣用句など、表現として一定のまとまりをもつ固定的な詞章まで、さまざまな層において認められるものだと思います。

勝山　「類型と個性」ということを聞いていて、ルネッサンスの英文学を考えてみますと、道徳劇とルネッサンス期の演劇の関係を挙げてみるのも面白いかもしれません。

ルネッサンス以前の一四世紀後半に現れた芝居の形式に道徳劇（morality play）というものがあります。これは中世劇の一種で、「善」「偽善」「慈愛」「絶望」「勇気」などの抽象的概念が、登場人物の形をとって舞台に登場し、主人公の「人間（エヴリマン）」をめぐって、劇が進行していきます。芝居の結末は、善の教えを説き、キリスト教的救済へと導く、宗教的教訓の色合いの強いものとなります。おそらく廣田さんのおっしゃる類型に近いものと思われます。

ルネッサンス期になっても道徳劇の影響は多くの芝居に見られ、ストック・キャラクター（舞台にしばしば登場する常套的人物）の多くはこの類型を発展させたものだと思われます。例えば、ユダヤ人の金貸しは冷血・強欲のストック・キャラクターとして度々、芝居の中に導入されました。シェイクスピアの場合、こうしたストック・キャラクターをある程度利用しながらも、そこからひとりの人間の個性を描き出そうとする工夫が見られ、そこが面白い部分でもあります。

廣田　少し具体的な例を挙げていただくと、よく分かると思いますが……。

勝山　たとえば有名な『ヴェニスの商人』には、シャイロックというユダヤ人金貸《かねか》しが登場します。彼は自己中心的な、金の亡者《もうじゃ》ですが、シェイクスピアは彼を他の芝居に登場するストック・キャラクターに終わらせようとはしません。時に、シャイロックは自分たち民族のおかれた境遇を悲嘆し、自らの内なる苦悩を口にします。それればかりか彼は、キリスト教徒の差別意識を指摘し、キリスト教徒の抱く偽善を暴《あば》きさえします。シャイロックの台詞を通して、キリスト教徒自身が自己を省みることを余儀なくされるよう、芝居は仕組まれているわけです。

もちろん、劇の結末はユダヤ人の敗北に終わります。ルネッサンス期の芝居は、時に類型からの逸脱を繰り返しながらも、最終的には類型に戻るよう配慮されている点は重要です。そうでないと観客は納得できなかったのでしょう。

廣田　観客からみてどうなんですか。

勝山　劇場を去る観客の心の中には、シャイロックの心の叫びを耳にし、そこに今まで経験したことのない、何がしかの違和感が残ったと思われます。歴史学者ナタリー・ゼモン・デイヴィスも、祝祭において許された逸脱は、その後、普段の生活に流れ込みそこに目に見えないほどの微妙な働きで変化をもたらすことを主張しています。(22) 類型と、その類型からの逸脱こそ、近代へと歩み始めた文学の兆候《ちょうこう》だと思います。

廣田　例えば、どんなことですか。

勝山　中世劇に見られる類型の登場人物は、自己の内面を省察するようなことはありません。しかし登場人物が自分の内面の矛盾や葛藤を意識する時、作者は近代的な人間像の創造を試みているのだと言えます。

廣田　そのような事象は、不思議なことですが、『源氏物語』にもあります。

勝山　作品と同時代の「類型」ということに関して、ひとつの例を紹介させてください。

『ハムレット』の執筆にまつわるものなのですが、当時のロンドンでは復讐劇が大流行していました。復讐劇にはひとつのパターンがあって、まず肉親が殺され、主人公はなんらかの形で敵を知ることとなり、復讐を心に誓います。様々な困難を乗り越えて最終的に主人公は復讐を遂げますが、自らも命を落としてしまいます。シェイクスピアと同時代の劇作家トマス・キッドの執筆した『スペインの悲劇』などは、この意味での典型的な復讐劇です。シェイクスピアは、「宮内大臣一座」という劇団所属の劇作家でしたから、彼もまた自分たちの劇団のために復讐劇を書こうと思い立ったのかもしれません。

しかしシェイクスピアの主人公ハムレットは、他の復讐劇の主人公と大きく異なります。他の主人公たちが復讐を一切ためらわないのに対して、ご存知のようにハムレットは逡巡《しゅんじゅん》します。他の復讐劇の主人公たちは、警護が固い、邪魔《じゃま》が入る、などといった外的な要因で復讐がなかなか果たせないところで観客を楽しませますが、『ハムレット』では主人公の内面の葛藤が復讐を遅延《ちえん》させていきます。ハムレットは、封建社会の倫理観はもとより、人生の意義や人間の存在理由にいたるまで、私たち誰しもが直面する究極の問題ともいえる哲学的な命題に思いを馳《は》せます。

廣田　なるほど主人公の逡巡こそが、シェイクスピアの狙ったところなのですね。そういう深みのある作品が、古典と呼ばれるわけでしょうね。

勝山　シェイクスピアは、こうした主人公の内面的特徴を鮮明にするために、芝居の中にハムレットと同じく父を殺された若者を二人登場させています。ノルウェイの王子フォーティンブラスとオフィーリアの兄レアティーズです。

二人は、他の復讐劇の主人公と同類で、復讐をためらうことはありません。彼らは、ハムレットと他の復讐劇の主人公を比較するための、まさに添え役となっているわけです。劇の展開は、評判になっている復讐劇の形を利用しながら、主人公の内面の矛盾や葛藤を前面に押し出し、そこに新しい芝居を書こうとしたシェイクスピアの意気込みが窺《うかが》えます。ハムレットの内面の葛藤を語る独白は、当時のありふれた復讐劇から抜け出して、まさに近代への扉を開いた瞬間だったのかもしれません。

劇の終幕近く、レアティーズと剣の試合をすることになったハムレットは、「(この試合で)僕は君の引き立て役になろう」と、レアティーズの剣の腕前を讃えます。

「引き立て役」を意味する"foil"とは、指輪の宝石などの台座に使われる金属のことで、光線を反射させ、宝石を一層輝かせる役目を担います。ハムレットは、レアティーズを宝石に喩《たと》え、自らを台座と見なして、「引き立て役」になろうと言っていますが、本当は、レアティーズ自身がハムレットの「引き立て役」として、劇の中に登場させられているわけです。観客を欺《あざむ》くような台詞まわしで、遊び心に富んだシェイクスピアの実に面白いところです。「類型と個性」のひとつの例と言えるのではないでしょうか。

廣田　物語の約束といいますか、人物配置の方法と申しますか、物語には「主人公」「敵役」「援助者」という役割的存在が不可欠だというようなことはよく指摘されていると思いますが、「引き立て役」という役割、この捉え方は面白いですね。

　私は主人公を際立たせるために置かれる人物は、物語の対照性の問題と考えてきました。対照性という問題は、物語の属性に関係しています。例えば、人物の対照性、場面の対照性、出来事の対照性など。

勝山　廣田さんは、作家個人はどの程度、社会の内包する世界観や倫理観から独立した存在だと思われますか。

　ともすれば人間は時代精神にどっぷりつかっていて、なかなか時代を取り巻く観念から離れて、世界や自分を客観的に見つめることは難しいといえます。

例えば、先ほど挙げました宗教的道徳観や封建社会の倫理観に縛られた個人を想定する場合、そこから解き放たれて、自由な思想を抱くことは難しくなります。

しかし中世ヨーロッパの宗教的価値観から覚醒《かくせい》していくのがルネッサンス時代であり、近代初期の時代と言われる所以です。この時代には、中世の価値観に縛られながらも、それを打ち破って従来の価値観そのものを問い直し、新たな発想を抱こうとした文人や芸術家が続出します。イタリアのダンテ、ボッカチオ、マキャベリ、ネーデルランドのエラスムス、フランスのラブレーやモンテーニュ、スペインのセルバンテス、そして英国のチョーサーやシェイクスピアなどの文人は、時代精神に取り巻かれながらも、時代の内包する諸問題に疑問を抱き、それらを問いかけ、問い直すことによって、文学史上に残る作品を創作してきました。

廣田　私は、頭の堅い歴史主義者と悪口を言われておりますが、作品の表現というものは、何よりもまず、歴史的な文脈 context の中で捉えなければいけないという立場です。シェイクスピアが近代の扉を開いたとすると、『源氏物語』はなお、古代を生きているといわなければならなくなります。

私の印象で申しますと、作者とか編者というものは、時代のもやもやした空気を組織化する存在だともいえますし、尖鋭的な感覚でもって時代を覆《くつがえ》す力を備えた者だと思います。

勝山　『源氏物語』でいうと、どうなるんですか。

廣田　『源氏物語』は長い作品ですので、ふつうは三分割して考えます。

第一部は、若き日の光源氏が栄華を獲得する「めでたしめでたし」までの物語です。ここまではまあ、いわゆる冒険譚です。貴公子が試練とさすらいの果てに、幸せになるという物語です。

ところが、光源氏が四〇歳になる若菜という巻がありまして、ここから光源氏と最愛の女性である紫上との間に「すきま風」が吹き始めます。ここからが第二部です。この第二部は、第一部と違って登場人物はあまり行動せず、話すこともなく、悩み続ける「内面劇」なんです。

第一部の冒頭、光源氏は若き日に父帝の后の藤壺と過ちを犯し、皇子を産ませるのですが、この四〇歳になったころ、第二部では、兄朱雀《すざく》帝の娘女三宮を正妻として迎えます。しかし、女三宮は柏木という男に襲われ、御子《みこ》薫を産みます。光源氏は取り乱すことなく、これが若き日の罪の報いだと思い、罪の子薫をわが子として抱きとめます。物語は、仏教の教える「因果《いんが》応報」ということを主題としています。

光源氏は自分の秘密の過去を紫上に「打ち明ける」ことができません。しかも、当時は身分社会ですから、光源氏が気乗りしないとはいえ、正妻女三宮は帝の娘ですから、光源氏は女三宮をぞんざいには扱えない。それゆえ、紫上は悲哀を噛みしめます。自分のもって生まれた運命の拙さを嘆くのです。紫上は拙き宿世を嘆くのです。つまり、第二部には、光源氏と紫上と、仏教から見ると、二人は立場が全く違うのに、「宿世《すくせ》」という言葉があります。運命というものの過酷さを噛みしめることになります。

第三部は、光源氏や紫上の亡くなった後の世代の物語で、舞台は宇治に移されます。あの罪の子薫は、そのころ宇治に隠棲《いんせい》していた八宮の娘大君に恋をします。ところが、大君は、長々としゃべり続けます。薫は大君のことが好きなのに、なかなか思いを遂げることができません。いわば、薫は大君の話の「聞き役」として登場させられたといえます。

薫は、勝山さんのおっしゃった「引き立て役」というふうに言えるでしょうか。第一部では主人公は光源氏ですが、第三部、宇治の物語に至ると、主人公はむしろ、大君や浮舟といった姫君が担うのです。

大君は「宿世」なんて目に見えないから信用できない、と訴えます。大君は実は、紫上が背負った疑問を受け継いで登場しています。そして、大君は薫に看取《みと》られて他界します。

この時代は、仏教の「因果応報」という教えが信じられていたわけですから、大君は仏教の教えに疑いを持っているといえます。

勝山　『源氏物語』の内部に、仏教に対する理解に変化があるということですか。

廣田　ええ、そうです。さらに、浮舟によって、仏教に対する疑念から不信へと至るのです。大君を失った薫は、大君の妹中君にまとわりつきますので、中君は腹違いの妹浮舟を薫に紹介します。薫は大君にそっくりな浮舟に夢中になりますが、浮舟は匂宮という貴公子にも愛されます。面倒をみてくれる薫には申しわけないと思いながら、浮舟は匂宮と恋に落ちます。薫は浮舟を抱きながら大君のことを想い、浮舟は薫に抱かれながら匂宮を思っています。この「すれ違い」ほど悲しいものはありません。

さて、やがて追い詰められた浮舟は、宇治川に入水を試みます。横川《よかわ》僧都に助けられた浮舟は、出家してしまいますが、薫が居場所を突き止めて迫ってきます。助けてくれると思った横川僧都は、浮舟に「*還俗《げんぞく》して薫ともう一度やり直せ」と勧めます。浮舟は絶体絶命の窮地に追い込まれます。浮舟は、当時最先端の*浄土教を体現する源信をモデルとするといわれる横川僧都ですら、浮舟を救えないというふうに、仏教に対する不信にまで至っています。

つまり、『源氏物語』は、仏教の説く「因果応報」から、仏教に対する疑い、さらに仏教に対する不信にまで至っています。[23]

これは平安時代においては、とんでもないことで、紫式部は言葉の正しい意味で「孤独」だったと思います。紫式部さんは、古代人として「まじめに」悩んでいます。人は別の人で置き換えられない。それは、彼女が結婚してすぐ、夫と死別した心の傷の深さからくるのだと思います。

勝山　『源氏物語』は、今から千年も前、平安時代に書かれていながら、やはり奥が深いですね。海外の大学でも、世界文学の授業では必ず言及されるほど有名です。

紫式部は悩んでいたのですね。シェイクスピアも、『ハムレット』を通して、悩んでいるように思えます。先にお話ししたシェイクスピアの『ハムレット』第二・四つ折り版は、上演するには長すぎますから、おそらく作者は自分の心の内にある様々な思いを主人公に託して、吐露《とろ》させたのだと考えられます。生きることとは、運命とは、死とは、名誉とは、とハムレットは逡巡《しゅんじゅん》しますが、その迷いや問いかけこそが、作者シェイクスピア自身の内面の葛藤なのでしょう。紫式部が、作品の中に内面の葛藤を綴《つづ》ったこととよく似ていますね。

廣田　勝山さんにお話をうかがったことではっきりしたのですが、シェイクスピアの作品と『源氏物語』には、時代も文化も違うのに、幾つか共通点があることが分かります。

例えば、『源氏物語』を三分割しますと、第一部の光源氏は冒険譚です。ところが、第二部に入ると、光源氏は行動することはなくなり、光源氏と妻紫上の二人は、会話も少なくなり、深刻に悩み始めます。いわば、内面的な葛藤とすれ違いの物語が続きます。そこに作者の言葉が滲《にじ》み始めるように思えるのです。

『源氏物語』の「有力な」分析方法として、歴史資料を対照させて虚構の程度を測るという方法があります。分からなくもないのですが、それは歴史に*準拠《じゅんきょ》していると考えられる部分は、それも可能かと思いますが、『源氏物語』は後ろの方へ行けば行くほど、作品自身の論理で動いて行くことが多くなります。それは異本の差を超えて認められる問題で、結局、対象とする本文も、「表現されたもの」ということからしか出発できないと思います。

ところが、かつて物語にしても説話にしても、「事実と虚構」という問題の立て方で論じられてきました。

例えば、いつ・どこで・誰がといった、説話における「固有名詞」は、高校の文法の授業で習うように、今でも事実性の保証と見做《みな》されていますが、私は逆に虚構性を保証するものと理解しています。もう少し申しますと、周知の固有名詞は伝承としての記憶、物語を記憶していると考えられます。一方、誰も知らないような固有名詞は、どうでもいいという意味で任意の、普通名詞と同様の機能しか持たないものと考えられます。ですから、うっかりすると、注釈が伝承的な表現を事実性に還元してしまいかねない危険性があります。

構造主義は終わったのか

廣田　私の印象として、今、勝山さんから現在の勝山さんにとって「表象」というものが分析上の手がかりであるというふうにうかがいました。

昔、恩師土橋寛《つちはしゆたか》*が、国文学では方法的概念について議論しないから、論文でも対話が成り立たないということを盛んに嘆いておりましたから、どこまで共通理解を持ち得るかということをお話しした方がいいですね。

何よりも文学研究は「どこをめざすのか」ということをはっきりさせなければなりません。私は浪人して、同志社大学に一九六九年の春に入学しましたから、学部時代は静かに授業を受けた記憶がありません。結局、独学と耳学問でしか学的自己形成をしなかった（できなかった）ものですから、学部生から大学院生の時代は、政治主義的な歴史学よりも民俗学や文化人類学に魅かれました。特に、構造主義的な理解には興味がありました。ばらばらに見えるものをひとつの原理に還元するという思考の枠組みは、魅力的です。ユングの元型もそうでしょうが、構造というものは普遍性をめざすものですから。

勝山　廣田さんは構造主義の、どのような部分に興味を持たれたのですか。

廣田　構造主義の受け止め方は、人によって違うと思います。

私がレヴィ・ストロースから学んだことは、「比較構造分析」において「親族体系、政治的イデオロギー、神話、儀礼、芸術、礼儀作法の「規則」」の間に「形態上の特性どうしのあいだに相同性（ホモロジー）」を認めるという、その一点です。

分かりやすく申しますと、祭祀や儀礼と、神話や言語伝承とは相同性をもつという仮説です。つまり、言語化されても言語化されなくても、相同性を認めるという仮説です。もっと簡単に申しますと、祭祀や儀礼と、神話とは同じだということです。

昔、私が旅先で土地の祭りのあとをトボトボと追いかけていたときに、「神の来訪と帰還」という枠組みは、祭祀儀礼の枠組みであるとともに、神話や文芸の枠組みでもあるという確信を得ました。それから、祭祀と文献と口承文芸とを比較研究する見通しが立ったのです。

ですが、心静かに考えてみますと、逆にテキストひとつひとつの個別性、個体性が問われなければならないと思います。みんな同じだとして、共通性、普遍性をいうだけでは、作品の個別的、個体的な意味は「消えて」しまいます。

そこで、私は構造分析を目的とする方法においては、正反対に見えるかもしれませんが、表現というものを目的とする分析方法が、同時に必要だと思います。つまり、テキストの解釈を考えるときに、構造的理解と表現的分析との双方が必要だと考えるのです。構造分析を時代遅れとして簡単に「流産」させてはならないと思います。私は、構造的理解を踏まえて、表現的分析をすることが必要だと主張しています。

勝山　物語の原型の研究は、人間社会の集団心理に注目したユング*の心理学から、様々な文学作品の中に類似のテーマが繰り返されることを探ったノースロップ・フライの神話原型批評などへと展開し、シェイクスピア研究にも影響を与えています(24)。

廣田　恩師の土橋先生が、フライを読んでおられたことに驚いたことがあります。

勝山　物語の根底にある類似性に気づくことは、非常に興味深いことです。そして個々の作家や作品がそれをどのように変化させ、独自のものとしているかということが、興味深い部分のように思えます。

先ほど、廣田さんは旅先の地で祭りと遭遇し、そこに祭祀儀礼と神話や文芸の共通性を見出したというお話をされましたが、シェイクスピア研究においても文化人類学の影響は大きく、C・L・バーバーは、『シェイクスピアの祝祭喜劇』という書物で、イギリスの祭りとシェイクスピア喜劇の類似性を指摘しています。人間の持つ生のリズムは、太古《たいこ》から脈々と受け継がれ、それは文学の中に通低音《つうていおん》として響いているのかもしれません。[25]

歴史の縦軸として、この通低音を認識しておくことはもちろん重要なのですが、作家の生きた時代の影響や、作家自身の独創性を無視することはできません。『真夏の夜の夢』を考えてみても、英国の五月祭との関係も考えられますが、当時のインドとの交易への関心や、女性の遺産相続問題といった、書かれた時代の影響、すなわち歴史の横軸の影響もとても大きいと思います。

廣田　昨年、若い研究者から、面と向かって「廣田さんは結局、構造主義ですね」と言われ、ひどいショックを受けました（笑）。しかもまた、最近私のゼミの大学院生にも同じことを言われました。こんなに苦しんでいるのに……。

ただ、私は頑固な老人ですから、構造主義を簡単にもう「古い」と言って清算してしまうような風潮には、今だに疑問を感じます。言い方を変えますと、ものごとを大づかみにする構造的把握は、なお有効です。ただ、それだけではだめだということです。そのためには構造の対極にある、表現というものを尊重するということが必要だと考えています。

普遍性と個別性とは矛盾するように見えるかもしれませんが、グローバル化とナショナリズム化との矛盾と対応するように思います。

説話文学でいえば、私は、同一説話や類似説話との間に共有できる部分と独自な部分とを腑分《ふわ》けしようとします。この共有する部分が普遍的なもの、アジア的なものというふうに地域性を越えるものと理解します。

ただ、相違する部分が、①地域的な特性か、②時代的な特性か、③編者の志向なのかを判別する必要があります。私は、神話的なもの、古いものが基層をなし、新しいもの、歴史的なもの、地域的なもの、編者の託した主題などが表層をなすと理解します。そのようにして、テキストを重層的に捉えたいと思います。

作者と読者と・作り手と受け手と

勝山　西欧の封建社会において、君主は神によって選ばれし者であり、神の代理であるという思想があります。当時の為政者《いせいしゃ》は、これを巧みに利用し、王権神授説を説いて民衆を治めてきました。したがって君主に逆らう者は神に抗《あらが》う者であり、謀反《むほん》を企てる者は必ずや神の裁《さば》きを受けるということを繰り返し唱えました。
当時の歴史書の中には、謀反人のみじめな末路を物語る数多《あまた》の例が示され、教会の説教を通して、民衆を感化・教育することが盛んに行われました。演劇においても、君主に対する謀反の企ての失敗を描いた作品はたくさんあります。結末で反逆者が倒され、封建社会の秩序が回復するという筋書きは、こうした倫理観を前面に押し出したものです。おそらくこれは基層として太古から受け継がれながら、時代の為政者が統治を行う上での政治手法としたものなのでしょう。

廣田　それじゃ、作品は、為政者の道具ということでよいのですか。

勝山　為政者の道具というような単純な捉え方はできません。もうすこし作品に接近して、読者や観客という受け手側の反応を考察してみることも面白いと思います。

シェイクスピア作品の場合、劇場に集まった無教養な一般観客と、教養ある貴族をはじめ大学や法学院の学生たちとでは、当然のことながら作品理解に格差が生じるはずです。シェイクスピアの場合、両方の嗜好にあうよう、台詞やプロットの展開が用意されています。

廣田　不思議なことですが、勝山さんのおっしゃっていることが、『源氏物語』にもみられます。ひとつは、享受者が単一ではなくて、二重性があると想定できることです。

もう少し具体的に申しますと、『源氏物語』は、当初は藤原道長の要請によって、中宮彰子*付きの女房であった紫式部が、わずか一二歳という幼い中宮を教育するために書いたものだと予想できますが、やがて中宮の成熟を期して、政治から宗教へと、深い問題を物語の中に託したと考えることができます。

勝山さんのおっしゃる、作品と観客の問題をもう少しお話しいただけますか。

勝山　例えば、『マクベス』を考えてみますと、様々な観客に向けてそれぞれの理解の程度に配慮したと思われる台詞展開が見受けられます。

第二幕二場で主人公マクベスは、主君ダンカン王を手にかけた自分の罪深さを思わず口にします。「海神ネプチューンの支配する大海の水をすべてかたむければ、この手から血のりを洗い落とせるだろうか。いや、むしろ無数の波を抱く広大な大海原《おおうなばら》を朱に染め、緑を深紅に一変させるであろう」と。

この箇所、シェイクピアの原文は、"Will all great Neptune's ocean wash this blood / Clean from my hand? No; this my hand will rather / The multitudinous seas incarnadine, / Making the green one red." ですが、ここで "multitudinous" も "incarnadine" も古典語から派生した難解な語です。貴族など教養人は、なるほどと思ったかもしれませんが、とても無教養な庶民に理解できたとは思えない。ところが古典語に由来する多音節の難解な語は、続く行で平易な単語の言い回し "making the green one red." と言い換えられて、同じ意味として観客に伝わるよう工夫されています。

廣田　理解できる人たちと、理解できない人たちと、両にらみで作品がつくられる、作品がそういう構造をもっているということでよいですか。

勝山　そう、両にらみです。

台詞が「教養」ある観客とそうでない観客の双方に伝わるよう工夫されていたのなら、当然のことながら劇の解釈において、同じく工夫がなされていた可能性が考えられます。したがって『マクベス』は、一般大衆うけするように、一面では王を暗殺した謀反人マクベスが、正統な王位継承者マルコムによって成敗される物語として書かれていることが読み取れます。

しかしプロットの展開のなかに、王位継承問題や王権神授説の是非を問いかける政治論争を暗示する台詞も巧《たく》みに忍ばせてあることにも注目することが重要です。王権神授説という、封建社会の枠組みそのものに対する疑いのまなざしが書き込まれているのです。すなわち教養人をも充分満足させることができるような内容となっています。

材源は、ラファエル・ホリンシェッドの年代記やスコットランドの人文学者ジョージ・ブキャナンの記した歴史書ですが、そこに書かれていた物語をどのように、劇の台詞に移しかえるかによって、劇作家の創作過程が明らかになります。材源研究は、そうしたことを明らかにしていて、非常に有効です。廣田さんのおっしゃっている構造的理解と表現的分析とは、このようなこともあてはまるのではないかと考えています。

すこし近視眼的に過ぎるでしょうか。

廣田　いやいや、大変興味深いことをおっしゃっていると思います。

作品の享受者を一律なもの、一元的なものと捉えずに、複眼的、複合的に捉えることは実に興味深いところです。優れた作品には、そのような仕掛けがあるのではないかとさえ思います。

私は表現において作者と読者とが釣り合っていると考えています。そのような二重性は、表現そのものから、みてとれると思います。

例えば、『宇治拾遺物語』には、偈《げ》と呼ばれる、もともと仏典における釈尊《しゃくそん》の言葉――聖句を引いておきながら、物語自身が後でわざわざ易しく、分かりやすく説明したりする箇所があるのです。そこで、およそ読者の教養の次元が二重になっている、と推測できます。

私が作品の仕掛けとか、仕組みというのは、『源氏物語』で申しますと、若き日の光源氏が、亡き母の面影を求めて后を犯してしまうとだけ理解することは、私から言えば「浅い」読みであり、実は深層に仕掛けられた皇位継承争いを読むというのが、「深い」読みであって、当時の読者にも二様があると思います。

というのも、紫式部は道長から幼い中宮彰子の教育のために物語を書くように命じられたと考えられていますが、幼き日の中宮は浅い読みでもよいが、やがて中宮が成熟したときに、紫式部がほんとうに伝えたかった「深い読み」ができるように、物語に二重構造を与えていると思うからです。

勝山　やはりそうですか。国文学でも同じような現象が確認できるのですね。

シェイクスピア演劇の場合、当時の体制側の取り締まり、すなわち検閲の問題も絡《から》んでいます。体制側は、演劇作品や書物のなかに反体制的な文言が含まれていないか取り締まるために、検閲体制をとっていました。

特に演劇は、政府に雇《やと》われた検閲官によって、台本に書かれた内容や文言の検閲が行われていました。しかし検閲官は、政府に任命されながら、劇団側から検閲料をもらうという取り決めになっていたため、そこではどうしても見逃しやごまかしが行われます。

そうした検閲の介入があることを観客も想定して、芝居を観るわけですから、作者と観客の暗黙の了解といったものが存在し、双方が共犯関係となるわけです。これが作品の解釈を一層複雑にしています。

廣田　勝山さんのおっしゃる「共犯関係」という捉え方は、非常に面白いですね。近代は知らず、古典は貴族のようなパトロン、あるいは経済的に支えてくれる集団がなければ成立しません。それはしかたのないことですものね。

研究主体としての私とは何か

廣田　勝山さんは、文学研究の主体のありかたについて、どうお考えですか。

文化人類学の友人の話を聞いていると、彼は彼自身の存在を一切問うことなく棚上げして研究をしている、という印象があります。彼は自分のことをコスモポリタンだと考えているかもしれませんが、私は私が日本人であることを無視して比較を論じることはできません。

そこで、お尋ねしてみたいことは、勝山さんは、グローバル化とナショナリズム化ということを、研究の問題としてどうお考えですか。私は英語がさっぱりできませんので、こんなことを言うと口幅《くちはば》ったいのですが、一般にグローバル化とは、外国語ができないといけないとか、ＩＴ化と同じだと理解されやすいのですが、私の考えは違います。グローバル化とは結局、異言語を駆使《くし》するといったことよりも、異なる宗教の理解は可能か、という問いなしには不可能だと思います。

繰り返して恐縮ですが、私は「敬虔」な仏教徒です（笑）。ところが、仏教の教義や教理からいうと、自分自身の中に在る、日本在来の神道的な思惟を否定できないのです。つまり私は、「普通の」日本人だということです。哲学や宗教学の方からご覧になると、私は習合的な思想を生きています。つまり、それは考察の対象とする古典のテキストにも、習合的な思想があるはずだということです。

いずれの宗教においても、他の宗教は邪教であり異教であって、根底的に対立するはずなのですが、かつて柳田国男*は「日本でならば神話学は可能である」（『口承文芸史考』）と断じています。私に言い換えて文芸の問題に移し換えますと、日本の文芸には古いものを基層として新しいものが堆積するという仕組みが見てとれるのではないか、というわけです。

勝山　信仰の問題は非常に難しいですね。

ルネッサンス時代のヨーロッパに生きた人々は、キリスト教信仰と共に、ギリシャやローマの異教神話にも通じています。これを信仰と呼ぶことはできないのですが、神話の世界の知識も充分に吸収していて、シェイクスピアの作品においても、キリスト教とギリシャやローマの神話が混在しています。

廣田　なるほど、単純ではないですね。

勝山　一六世紀のヨーロッパでは、キリスト教の内部分裂により、カトリックとプロテスタントの間で度重《たび》なる衝突がありました。ヘンリー八世はローマ法王と決裂し、プロテスタント派の英国国教会を興しますが、メアリー女王は逆にプロテスタントを弾圧し、英国にカトリックを復活させます。しかしエリザベスが即位すると、英国は再びプロテスタントに立ちかえるといった具合で、国の掲げる宗教が激しく揺れ動きます。

政府が、プロテスタントを強要したところで、民衆の間に広まったカトリック信仰が突然跡形《あとかた》もなく消えてしまうということはありません。カトリック教を排斥するためカトリックの修道院の解散や偶像破壊などは行われましたが、カトリックの装束をまとった聖職者による洗礼式や葬儀、民衆が口ずさむキャロルなどに歌われた処女崇拝（カトリックはイエスの母マリアを崇拝した）などは、形を変えることなく伝承されていました。シェイクスピアの芝居にも、カトリック的要素は多く含まれていて、実はシェイクスピア自身がカトリック信仰を抱いていたのではなかったかと疑われているほどです。

そればかりか、アイルランドや北部スコットランドでは、キリスト教とは異なるケルトの信仰も残存していました。さらに地中海では、交易を通してユダヤ教徒やイスラム教世界との交流が盛んに行なわれていました。本来なら忌み嫌うべき異教徒とも、キリスト教徒は商業的利益のためなら、喜んで手を組もうとしていたわけです。

廣田　キリスト教の歴史と絡むと、一挙に難しくなりますね。

勝山　従来、イスラム教国で捕らわれの身となったキリスト教徒は、強制的に改宗させられ、やむなく異教徒となったと考えられていたのですが、これは間違いであったことがわかってきています。むしろ出自を重んじる階級社会であったキリスト教社会を逃れて、自ら進んでイスラム教徒となり、立身出世を夢見たキリスト教徒が多くいたことも文献から証明されています。信仰のためなら命を投げ出す聖職者がいる一方で、金銭や出世のためなら、信仰など全く気にかけない者たちもいたわけです。当時の英国人も、廣田さんのおっしゃるような習合的な生をいきていたのかもしれません。

比較研究の可能性

廣田　この数年間のことですが、院と学部の私のゼミには、韓国からの留学生が何人かいて、留学生の研究テーマが日韓比較文学研究だったものですから、色々と教えられるところがあり、興味をもって勉強してきました。

ところが「比較研究」というと、誰からも「ああ、比較ね」とか「なんだ比較かぁ」と軽蔑的に扱われることが多いので、これを学的な方法として鍛えて行くにはどうしたらよいか、私の最近の課題は専《もっぱ》らこれなんです。もちろん、国際的、政治的な緊張とは別個に、一喜一憂せず、どのように研究できるか、です。

残念ながら、現在の国文学では、物語研究や説話研究は、今なお文献相互の比較研究に限られていますし、逆に、口承文芸研究や昔話研究の方は、文献との関係を排除していて、相互間の考察がないのです。

ですから、表現というものを、教養や思想、主題などといった個性的で意識的なものと、発想とか類型といった伝統的な無意識的なものとの総体として捉えたい、というのが私の「ひそかな」戦略です。

この延長線上に、日韓比較研究はあります。もちろん国際比較には、時代と地域の差、民族や民俗の差、ジャンルの差などさまざまなレベルの問題が存在します。ただ私は国文学の立場から、文献研究と口承文芸研究との統合的分析を夢想して、まず、ジャンルの違うテキスト同士の比較に、一定の客観性を与えるためにはどのような方法が必要なのか悩み続けています。

比較には、テキストが類似していれば類似しているほど有効なのですが、いつもそんな限られたテキストの間だけでできるわけではないので、他言語、他地域と歴史、他文化における類似したテキストを比較するには、どのような方法に拠るべきなのか、これからは比較の方法論が問われると思います。

勝山　国際比較の問題は重要です。

シェイクスピアの時代には、アジアや中東との交易が盛んでしたから、異国の文化の様子などもシェイクスピア劇には度々登場します。一度も海外へ行ったことのないシェイクスピアがどこから異国の情報を得たかというと、やはり当時出版されていた旅行記を繙《ひもと》いたと考えられます。例えば、ヒンドゥー教インド社会の様子は、ポルトガル人の手によって旅行記に記され、まずイタリア語に訳され、やがて英語に翻訳されて、英国に紹介されました。また中東を旅したフランス外交官が記したイスラム教オスマン・トルコ帝国の様子も、フランス語から英語に翻訳されて、英国内で出版されています。しかし翻訳されるたびに、翻訳者の偏見や個人的な意見が紛れ込み、比較するとなかなか興味深いです。また近年では、イスラム圏の研究者たちの努力で、イスラム圏側が見たキリスト教社会の様子も英語で出版されるようになり、両者の誤解や認識のずれが明らかになってきました。

廣田さんのおっしゃっている文献研究と口承文芸研究との総合的分析も、私にとって非常に魅力的です。口承文芸というのは、形として残っていないので、研究対象として扱うのが本当に難しいですね。

廣田　若い研究者に、このような問題の立て方を勧めても、「無理でしょ」とあっさり片付けられてしまいます（笑）。

勝山　シェイクスピアの『アントニーとクレオパトラ』はエジプトが舞台となっています。当時出版された旅行記には、男女の役割が逆転したエジプト社会の様子が書かれています。これは全くのでたらめで、古代ギリシャの歴史家ヘロドトスが著した『歴史』の中の誤った記述に倣《なら》ったものと思われます。

しかし、一六世紀の旅行記は、いかにも旅先で自らが見てきたように書かれていて、当時の人々の中には真に受ける人々もいたようです。人々の間に伝わっていた風評や噂がそのまま文字になったものなのでしょう。

こうした言い伝えをシェイクスピアは巧みに利用しながら、劇の台詞を創作していて、勇将アントニーを手玉に取るクレオパトラの男勝《まさ》りの様子が、様々な比喩を用いて描かれています。

しかし同時にシェイクスピアは、クレオパトラが「ジプシー」という渾名《あだな》で呼ばれるようにも工夫しています。「ジプシー」は、英国ではもともと「エジプト人」を指し示す語であったものが時と共に変化し、英国の極貧層をも吸収して、階級社会の枠の外に存在する流浪民《るろう》を指すものとなりました。シェイクスピアは、流浪民ジプシーの比喩を主人公クレオパトラに重ねながら、彼女が魔性《ましょう》の女であることを強調します。

廣田　流浪民と女王のイメージを重ねているのですね。

勝山　ところが劇の結末では、あらゆる権力から自由である流浪の民ジプシーのイメージを逆《さか》手《て》に取って、自ら命を絶つことにより、ローマ帝国の支配を逃れ、いかなる権力にもひれ伏すことのない不滅の女王クレオパトラを描き出そうとします。

英国各地をさすらうジプシーたちの生活を探るうえで役に立ったのが、当時の犯罪記録や悪漢文学（Rogue Literature）です。ジプシーの犯した犯罪を記録した文献は、当時の裁判記録などに残されていますが、記録を調べていくと、当時の人々がジプシーに対して抱いていた警戒心や偏見が見えてきます。

廣田　なかなか手強い、骨の折れるお仕事ですね。

勝山　またトマス・デッカーという人物は、当時の犯罪の手口を克明に記した、現在で言うならルポルタージュのようなものを執筆・出版しています。これは、一般市民に犯罪の手口を知らしめ、騙《だま》されることのないよう、警戒を呼びかける形をとっています。同時に、犯罪者の世界を垣間《かいま》見たいという読者の好奇心をくすぐることで、書物を購入させようとする作者の思惑もあるようで、時代の空気を知ることのできる貴重な資料となっています。こうしたジャンルの印刷物は、一般に「悪漢文学」という名でくくられ、研究対象とされています。

　これらは、印刷出版されていますので、文献研究になってしまうのかもしれませんが、こうした出版物の中に、口承文芸研究の可能性を見出すことができるかもしれません。また先に述べました、日本の瓦版《かわらばん》ともいえる英国ブロードサイドの研究を通して、民衆の間に広まっていた口承文芸を炙《あぶ》り出すこともできるように思います。これらの印刷物も演劇作品も区別なく同等に扱い、分析・批評することで、作品の新たな一面が明らかになると思われます。

廣田　作品としていえば、『宇治拾遺物語』でも『源氏物語』でも、従来の研究は、出典とか素材とかは中国の文献に限定されていたといえます。

　ただ、それではいかにも狭い。

　文献文芸の前提に口承文芸を想定するときにも、益田勝実とか、*池上洵一《いけがみじゅんいち》(26)といった著名な先学にしてからが、素材としての口承文芸を、編者や作者が文献の世界へと取り込んで表現を整えたものが説話であり、物語であるというような捉え方が一般的でした。私は、両者は前後関係や因果関係、一方的な影響関係にあるのではなく、同時に存在するものであり、共有する関係だと思うのです。

勝山さんは、文献の世界と口承文芸の世界の関係をどうお考えですか。

勝山　廣田さんのおっしゃることはよくわかります。

確かに口承文芸は、前後関係や因果関係だけで語ることはできないと思います。廣田さんが作品と同時に存在すると言われるように、作品の中で命を持って生き続けているもののような、共存している感覚がありますね。

私はここ数年、旅行記の研究を続けてきましたが、旅行記という文献の中に書かれた事柄と演劇の台詞は、時に共鳴し共振しているようにすら思われます。

廣田　演劇の研究ばかりでなく旅行記も研究対象にされているのですか。

勝山　私にとっては、演劇を観た人々が、どのような知識をもっていたのかに興味があります。できる限り当時の人々の考え方や感じ方に接近することによって、当時の人々の観劇体験を追体験したいと考えています。旅行記を読むことで、当時の人々が異国をどのように見ていたのかを知ることができるように思います。

民衆は、旅行記を繙かなくても、異国を訪れた商人や船員から直接に様々な話を仕入れたでしょう。波止場に停泊した船から降りてきた船員たちは、酒場にたむろしながら、自分たちが異国で見聞きした摩訶《まか》不思議な物語を、物知り顔で語って聞かせたでしょう。また酒場で人々を驚かせた話は、お客や女中の口を通して、町中に広まっていったに違いありません。演劇は、街の噂に敏感です。民衆の間で話題となっている事柄は、即座に舞台上に取り上げられ、台詞を通して、観客を湧かせます。口承文芸はそのまま、演劇の台詞の血となり肉となっているように思われます。

私が、いま特に関心を抱いているのは、伝えられた物語の「歪み《ゆが》」の部分です。物語は、人々の間に伝搬していく中で、誇張によって様々な尾ひれがついたり、人々が心に抱く偏見から歪められたりしていきます。これからも、様々な民衆文化の中に残された物語の「ずれ」や「歪み」の部分を探りたいと思っています。

廣田　ほほう、「港の酒場」という視点は面白いですね。

勝山さんが、「港の酒場」という場を、素材というか、情報というか、伝承を収集する機能をもつ、とおっしゃることは大変面白いことだと思います。

というのは、『宇治拾遺物語』の序は、源隆国《たかくに》＊に仮託された編者は、莚《むしろ》を敷いて往来する人々に様々な話をさせて集め、物語集を編纂したと伝えているからです。それが事実だとかどうかが問題ではありません。

特に、この物語集は物語の配列には、法則性というか、規則性がなく、語られる世界も貴族社会から武士、庶民の生活まで、雑然としているように見えるので、説話の多様性は、物語を収集する場の問題だと考えれば分かりやすいからです。

勝山　シェイクスピアの場合、貴族文化と民衆文化の両面性を持っていると考えられています。シェイクスピアの所属していた劇団、宮内大臣一座はしばしば宮廷へ招かれ、御前上演もしていました。また当時の慣習として、詩人は貴族たちに詩を献呈して、パトロンになってもらうことが一般的でした。シェイクスピアの執筆した詩集も有力貴族に献呈され、貴族たちの間で盛んに読まれたと言われています。

他方、劇作家としてのシェイクスピアが普段、相手にしていたのは、大衆劇場の観客です。そうしたことを考えると彼の劇作品が貴族にとっては、庶民の生活を垣間見る機会となり、庶民にとっては、宮廷生活を覗《のぞ》き見る絶好の機会となっていたのかもしれません。貴族社会と庶民生活の混在した芝居を書く必要があったことも頷けます。

文学研究と文学史研究

廣田　「文学史」という言葉を使うと、いつも話を聞く前に誤解されるのですが、私のいう文学史は、作品の流れとか思潮というものではありません。ひとつの作品の中に古いものから新しいものが折り重ねられて生成しているという意味で、作品はそのままひとつの文学史をなしているということなのです[27]。

私たちは、この世に生まれ出ると、古くから用いられてきた言葉を少しずつ習うのですが、いわば手垢のついた言葉を受け取り、これをブラッシュ・アップしたり、新しく組み換えたりして、自分の言葉、自分の表現を獲得して行くのだと思います。そのとき、単語をバラバラに覚えるのではなく、枠組みとか、文脈と一緒に学習しているといえます。

私は大学では*南波浩《なんばひろし》という先生の弟子で、後任《こうにん》となることを拝命いたしました。先生は、若いとき『源氏物語』を研究するためには、『源氏物語』に影響を与えた『伊勢物語』『竹取物語』などの研究を、まず、しなければならないといって、『伊勢物語』『竹取物語』の注釈書を出しておられます。さらに、紫式部という人を理解しないといけないということで、『紫式部日記』や『紫式部集』の研究をされました。いよいよ『源氏物語』の研究をするぞとおっしゃったのが、先生が八〇歳のときでした。

私は「せっかち」ですから、そんな遠回りはできません。六〇歳になろうとしたころに、ふと考えついたことなのですが、『源氏物語』が『伊勢物語』『竹取物語』を枠組みとして組み込んでいるのであれば、むしろ『源氏物語』というテキストは、ひとつの文学史そのものではないのかというふうに考え付いたのです。

もう少し付け加えますと、おそらく神話的な枠組みを基層的なもの、つまり土台にして、文化的な層を積み上げ、さらに固有名詞や主題的なもの、心情や会話などを表層として積み上げることで、テキストは生成するというのが、「ひとつのテキストは文学史そのものである」というイメージなのです。

勝山　廣田さんのおっしゃるように、作品は文学史だという考え方は面白いですね。

確かに作品は地層のようなものを持っていると思います。過去の作品の地層が表層に影響して形状を作り出しているのでしょう。ところどころ下の地層がむき出しになっているところもあるように思われます。同時に、時代の土砂が積もり、下部の地層が見えにくくなっている箇所もあると思われます。しかしその部分を掘り起こすことも、批評作業の重要な仕事なのでしょう。

結局、廣田さんも私も、文学作品への歴史的なアプローチをもって分析を試みようとしていることがよくわかりました。廣田さんは、長い時間の流れ、すなわち遠い過去から作品成立の時期までに受け継がれてきた基層部分を重視しつつ、そこに積み上げられた文化に関心をお持ちですね。いわば縦軸の影響関係あるいは共存関係ともいえる歴史です。

どちらかというと、私は、作品を成立させた当時の文化に関心があります。時間軸でいうと縦軸ではなく、横軸あるいは平面という言い方がより的確かもしれません。作品は、同時代の連綿と続く文化の中に生み出される、あるいは文化そのものを創出するものとして考えています。

これらの文化は、別個に存在するのではなく、時にはお互い重なり合い、共有し合っている部分があるはずです。まさに見事に織りなされた布地のように、様々な文化の縦糸と横糸が絡み合い、ひとつの時代の文化現象を形成しているのでしょう。文学作品だけではなく、年代記も旅行記も、また説教集もブロードサイドも、すべてが文学史の構成要素となりうるように思えます。

廣田　要するに、座標軸の取り方だと思います。

私は、テキストの比較を行うときに、本文を支える枠組みという意味で話型という概念を用いています。これはメルヘンの研究の話型 type のように固定的、先験的なものではなくて、比較するテキストの間に共有される枠組み scheme というふうに、緩やかに想定されるものと見るのです。それはひとつの目安に過ぎません。

そうすると、先行するテキストを受け入れることによって、本文が重層的に構築され、ひとつのテキストが文学史そのものとして成立しているというときは、通時的な軸における評価になるでしょう。

一方、同時代に並行するテキストとテキスト──それが口承であろうと、書承であろうと、空間的に併存する複数のテキストの間に共有される話型を共時的に認めることができれば、話型とは異なる部分に、対象とするテキストの特質は浮かび上がってくるに違いありません。ひょっとすると、想定される話型にも、テキストの間に異同が生じているかもしれません。いずれにしても、通時的と共時的と、二つの交差する座標軸の中で、テキストをどのようにして立体的に位置付けるかということを考えて行ければよいと思います。

それにつけても、比較というものは、文学研究の方法としてはまだまだ未成熟だと思います。これから比較という方法を鍛えて行くことが、不可欠だと思っています。

これでひとつの「まとめ」になっているでしょうか（笑）。

注

（1）例えば、「いづれの御時《おほん》にか」という『源氏物語』の冒頭表現は、なかなか難解です。「いづれ」は名詞なのか、「いづれの」で連体詞なのか、「に」は断定の助動詞「なり」の連用形か、「時」を表す格助詞か。また、「か」で読点を打つのか、句点を打つのか、悩み始めるときりがありません。しかも、「御時」とは何か、「昔」とか「今は昔」という物語の冒頭句とどう違うのか、等々。現在伝わっている写本のすべては、同じ表現なので、これが紫式部自身の表現であることはまちがいないのです。

（2）一九六〇年代から七〇年代のアメリカに登場した若者向け映画作品のことです。それまでのハリウッド映画と異なり、反体制的な主人公の生き様を描いた作品が多く、従来の価値観を問い直そうとする当時の若者から圧倒的な支持を得ました。『俺たちに明日はない』、『卒業』、『イージー・ライダー』、『いちご白書』等の作品が有名です。

（3）宮沢賢治の作品は、神と仏とが溶け合っている、典型的なシンクレティズムの世界です。哲学の先生の中には、このような宗教的習合を嫌う方もおられますが、私はここに居直って、これが私だと主張することにしたのです。日本文化も日本文学も習合している。ですから、日本の古代文学は、神と仏と天皇という三者が、どのように織りなされているかが分析の目安となります。

（4）市川三喜氏・岡倉由三郎氏共同主幹により、「研究社英文学叢書」としてシェイクスピア主要作品の注釈本が出版されており、シェイクスピアを学ぼうとする学生の助けとなりました。またE．A．アボットの著した文法書は、大塚高信氏の『シェイクスピア文法』と並んで、シェイクスピアの原文を学ぶ際の必携書でした。シェイクスピアの使用した語彙の解説には、アレクサンダー・シュミットの編纂した辞書が有益でした。

さらに、A．C．ブラッドレイの『シェイクスピアの悲劇』は、二〇世紀初頭に隆盛を極めた性格分析批評の最重要書とされています。一九三〇年代になると、イメジャリー研究が脚光を浴びるようになりました。イメジャリーとは、詩的イメージを用いて、観念や感覚を具象化する修辞法です。例えば、『マクベス』の中では繰り返し「似合わない衣服」の比喩が現れ、王権を簒奪した主人公を比喩的に表します。キャロライン・スパージョンによって着手されたイメジャリー（心象）研究は、その後ウィルスン・ナイト教授によって作品分析に用いられ、大きな成果を挙げました。

（5）　ニュー・クリティシズムとは形式主義批評のひとつで、詩を自律的な芸術作品と考えるところから、作品の外側にある作者の伝記的要素や歴史的な事実を、作品解釈に持ち込まないことを主張します。ジョン・クロウ・ランサム、ロバート・ペン・ウォーレン、クレアンス・ブルックス、アレン・テイト、ケネス・バーク、W．K．ウィムサット等の批評家によって提唱されました。ペン・ウォーレンとウィムサットの執筆した *Understanding Poetry*（1938）は、全米の多くの大学で教科書として採用されました。

（6）　問題劇とは、『尺には尺を』、『終わりよければすべてよし』、『トロイラスとクレシダ』などの作品を指し、四大悲劇と同時代に書かれた喜劇で、シニカルな人生観の投影がみられます。「問題喜劇（Problem Comedies）」あるいは「暗い喜劇（Dark Comedies）」と呼ばれることもあります。

（7）風巻景次郎「文学の発生」『風巻景次郎全集』第一巻、桜楓社、一九六九年。初出、一九四〇年。

（8）益田勝実氏は、『火山列島の思想』の他にも、『秘儀の島』（筑摩書房、一九七六年）という魅力ある本を書いています。

（9）従来の批評と異なる新しい批評が、アメリカ東海岸の伝統校ではなく、西海岸の自由な校風で知られるバークレイから現れ、あるいはオックスフォードやケンブリッジといった英国の権威ある大学ではなく、英国の地方大学から登場してきたことも印象的です。

（10）Stephen Greenblatt, "Invisible Bullets: Renaissance Authority and Its Sub-version, *Henry IV* and *Henry V*," *Political Shakespeare: New Eassays in Cultural Materialism*, ed. Jonathan Dollimore and Alan Sinfield (Manchester: Manchester UP, 1985) 18-47.

（11）「言説（ディスコース、ディスクール）」とは、言語で表現された内容の総体を指します。たとえば「文学作品」という呼びかたをすると、言語で表現されたものの中で、芸術と呼ぶに相応しいと思われる、ほんの一部の書き物を指し示すこととなってしまいます。しかしこうした見方が非常に主観的なものであることは言うまでもありません。他方、「言説」という表現を用いることは、その時代に言語で記されたあらゆるものを研究の対象とすることを意味します。

（12）フランスの哲学者で、『言葉と物』、『狂気の歴史』、『監獄の誕生』などの著書で知られています。

（13）「新歴史主義」という名称により、旧歴史主義との断裂や対立を強調するものと取られることを嫌って、グリーンブラット自身が、後に「文化の詩学（Cultural Poetics）」と呼ぶことを提唱しているものの、もっぱら「新歴史主義」の名称で呼ばれ続けています。

(14) アメリカの文化人類学者。様々な文化現象における一貫した意味の体系を探りながら、文化が象徴として機能することを主張しました。

(15) ハーヴァード・イェンチン研究所は、ハーヴァード大学内にある独立研究機関で、アジアに関する人文科学・社会科学の研究を展開しています。

(16) キリスト教徒パレスチナ人としてエルサレムで生を受けたサイードは、後に米国に移住し、プリンストンとハーヴァードで学位を授けられて、コロンビア大学の英文学および比較文学の教授となりました。西洋の学問が、帝国主義的発想により東洋を規定しようとしてきたことを初めて指摘した『オリエンタリズム』、『文化と帝国主義』などの業績で有名です。白血病のため、二〇〇三年没。

(17) フランスの歴史学者フェルナン・ブローデルは、『地中海』の業績で広く知られています。歴史の重層性を説き、個人の出来事、人口の動態や戦争、そして自然や環境などの層から成る歴史観を唱え、多くの歴史家に影響を与えました。

(18) 廣田收『『宇治拾遺物語』の説話と伝承―文芸比較の方法論のために―』『説話・伝承学』第二二号、二〇一四年三月。

(19) 熱い社会と冷たい社会という概念は、レヴィ・ストロースによるものです。戦後の日本の歴史学が、歴史的な個人に注目するか、あるいは階級闘争をみてとる政治史だったという事実はぬぐえません。しかしながら、無名の個人が集団として維持、発展させてきた歴史も厳として存在しているはずです。歴史は政治史の次元と、変容しにくい民俗の歴史と、もっと根深い心性というか、無意識的な精神性の次元というか、それらが重層するものとして「歴史」を捉えることはできないでしょうか。

(20) 折口信夫「小説戯曲文学における物語要素」『折口信夫集』第七巻、中央公論社、一九六六年。
(21) 和辻哲郎『和辻哲郎全集　第三巻　埋もれた日本』岩波書店、一九六二年。
(22) アメリカの歴史学者ナタリー・ゼモン・ディヴィスは、フランス近世の社会史、文化史、女性史の研究で知られ、『愚者の王国、異端の都市』などの著書があります。
(23) 廣田收『『源氏物語』の二重構造』『文学史としての源氏物語』武蔵野書院、二〇一四年。
(24) カナダの文学理論家ノースロップ・フライは、様々な文学作品の類似性を見事に指摘してみせた『批評の解剖』の名著で知られています。
(25) C・L・バーバーは、アメリカの文学批評家。その著書『シェイクスピアの祝祭喜劇』において、文化人類学と社会史をシェイクスピア演劇研究に結びつけるという斬新な手法を展開しました。
(26) 池上洵一氏の『著作集』が和泉書院から出ています。文献研究の達成として学界から評価の高い池上氏の成果は、この『著作集』に集約されています。
(27) 廣田收『講義　日本物語文学小史』金壽堂出版、二〇一〇年、三七三頁。

対談 語注

対談の中で＊印を付けた語句について、簡単な語注を施した。

品詞分解

中学・高等学校のいわゆる「文法」の授業で、文を語の単位に分解して、名詞とか動詞とか、それぞれの品詞が何かを明らかにすることで、解釈が合理的に確定できるようめざす手続き。実際には、品詞に分類するには曖昧な事例や、歴史的に過渡的な事例はたくさん存在するので、逆にいえば文法というものは、原理的に想定される体系や法則性と理解すべきであろう。

覚一本『平家物語』

『平家物語』は多くの異本をもつが、語り本と呼ばれる系統の代表的伝本。末尾に建礼門院の出家を伝える灌頂巻をもつ。覚一は、南北朝時代、寺社において聴衆に説教するとき、平曲を語ったといわれる。奥書によると、明石検校であった覚一が、当流の師説や伝授の秘説の口述筆記にあたったものとされる。最近では、琵琶法師の語りを記録したものというよりも、独自の文体をもって整えられた伝本とみる考えが支配的である。

習合

一般的には、哲学上もしくは宗教上、異なる教理や教学が矛盾せず、融合する現象をいう。日本では早くから、在来の神祇信仰に対して新たな仏教が摂取されたことにより、神仏習合の思想が生み出されたとされる。神は煩悩を抱え、仏に救済を求める存在とされた。例えば、天照大神を大日如来と同体と捉えたり、神々を仏の鎮守と捉えたりした。習合思想は、本地垂迹説の展開や、修験道の展開と複雑に関係する。

歴史社会学派

戦後、過去の反省に立って研究者の姿勢や学問の方法について問い続けた学派。特に、科学と民衆、在野性を標榜してアカデミズム批判をめざした。国文学では、日本文学協会が長くひとつの拠点となった。その後、学問研究の党派性は緩んだが、テキストをひとつの歴史的所産と捉える視点は継承されている。

構造主義の洗礼

一九七〇年前後、『構造人類学』『野生の思考』などの代表的著作をもって構造主義の旗手となった、レヴィ・ストロースの影響を受けた研究者は多かった。日本の文化人類学者では、厖大な著作をもつ山口昌男氏の発言は、常に注目の的であった。その後、「ブーム」は去ったように見えるが、テキストの構造的理解まで「清算」する必要はないであろう。

風巻景次郎

一九〇二年（明治三五年）生〜一九六〇年（昭和三五年）没。風巻の研究は、主に『新古今和歌集』を中心とする中世和歌の研究、『源氏物語』の研究、そして文学史の研究である。研究方法に対して歴史的で自覚的な研究者として知られる。壮大な業績をまとめた『全集』全一〇巻（桜楓社）がある。

益田勝実

一九二三年（大正一二年）生〜二〇一〇年（平成二三年）没。益田の専門は、古代神話から『源氏物語』、説話、国語教育、民俗学というふうに、守備範囲が非常に広い。『火山列島の思想』（筑摩書房）は、古代文学から文化、歴史、民俗、精神史などに及ぶ知見に溢れ、各方面に衝撃を与えた。業績をまとめた『益田勝実の仕事』全五巻（筑摩書房、文庫版）がある。

本文校定（本文校訂）

国文学では、写本や板本をまず翻刻し、諸本と比較校合して、信頼するに足る本文を確定する手続きを行う。このような手続きによって得られる本文を校定（校訂）本文と呼ぶ。かつては、失われた「作者自筆本」を復元することを目的として校合は行われたが、最近では、殆どの古典は本文の復元そのものが不可能だと考えられることが多い。そうであれば、今残されて在る本文を尊重して読む姿勢が出発点とするより他はない。

伝播論

例えば昔話が、空間的に伝承されて行く現象、過程を考察する。具体的に言えば、グリムの「灰かぶり」と日本の継子苛めの昔話と、同じシンデレラ型の昔話が、なぜユーラシアの東西にあるのか、これを同時発生で説明するか、伝播で説明するかは、考えが分かれる。地域的な偏差の生態、運んだ担い手が誰か、受容に伴う変容などが問題となる。文献中心の学問では、残された文献だけの間で単線的に伝播が議論されたが、民俗学的方法では、民間説話の広がり、文化の交流、民俗の生態などを基盤として考える。また、伝播は想像する以上に複雑な伝承過程をもっているかもしれないので、この議論はきわめて扱いが難しい。

昔話

もとは、武家の夜伽話から発生したともいわれる。室町から江戸時代の草双紙や御伽草子・絵本などの生成とかかわった民間の口承文芸で、近世では農村の爐辺で爺婆が孫に語って聞かせたもの。

柳田国男は、『桃太郎の誕生』（昭和八年）から『口承文芸史考』（昭和二二年）に至る昔話の研究において、昔話から神話の復元をめざした。柳田は神話を保管する昔話を完形昔話と呼んだ。さらに柳田は、民間説話を昔話・伝説・世間話に分類している。さらに、国際的比較をめざした関敬吾は『日本昔話集成』において、本格昔話・動物昔話・笑話という三分類を示した。英語では、folktales もしくは fairy tales という訳語を用いる。昔話概念の変遷や、研究方法の歴史については、『日本昔話事典』（弘文堂）を参照。

都市伝説

早くはブルンヴァンの研究（『消えたヒッチハイカー』など）が有名。現代に氾濫している都市伝説は、どちらかというと、怪人、エイリアン、予言、祟りや呪いなどを主題とするものが多い。ストーリーをもつほど整ったテキストまでには至らない、いかにも皮相的な噂の謂であるが、説話研究の概念としては、平安京や京都という大都市に特有の、本当か嘘か分からないいかがわしい伝説として規定できる。そう捉えると、文献に明らかな出典をもつ物語と、都市伝説を基にして整えられた、当代の説話とが『宇治拾遺物語』には併存していると推測できる。民俗学にいう世間話、噂話の概念などと重なる。

孤立話

ある説話集にしか存在の確認できない説話を、仮に孤立話と呼ぶことにする。正しい意味で

「孤立」しているかどうかは証明できないが、そう規定することで『宇治拾遺物語』には五〇数話に及ぶことが知られる。すると、このような孤立話に説話集の特質が認められることになる。『宇治拾遺物語』の孤立話には、昔話、都市の世間話や噂話などを基にする説話もある。

行基図

年代の知られる最古の地図。一三〇五年（嘉元三年）に書写され、仁和寺に所蔵されている日本図がある。また、中世以前に描かれた同様の地図を総称していう。まるで餅を重ねたような、理念的な概要を示すだけの絵図であるが、伊能忠敬の測量以前に日本人が日本全体をどのように捉えていたかが分かる。

折口信夫

一八八七年（明治二〇年）生〜一九五三年（昭和二八年）没。柳田国男に師事するが、折口は民俗学者であるとともに国文学者であった。業績をまとめた『全集』全三五巻（中央公論社）がある。柳田国男のキィ・ワードが固有信仰であるとすれば、折口のキィ・ワードは発生である。

和辻哲郎

一八八九年（明治二二年）生〜一九六〇年（昭和三五年）没。日本精神史を中心として哲学、美術、倫理学など幅広い領域に多くの著作がある。業績をまとめた『全集』（岩波書店）がある。『日本精神史研究』（岩波書店）は代表的著作であるが、『古寺巡礼』は、奈良の古寺の仏像の美術的な価値を述べたものとして有名である。これに対して、亀井勝一郎は、仏像を宗教的対象として礼拝すべきものと捉えたという点で、和辻の考えとは対照的である。

還俗

いったん出家して僧尼となりながら、後にまた俗人に戻ること。平安時代には、案外と認められる現象である。

浄土教

平安時代の仏教は、鎮護国家を目的とする天台宗・真言宗が中心であるが、後に天台宗の中から、特に個人の救済のために、阿弥陀仏に導かれて死後極楽浄土に生まれ変わることを願った信仰が顕在化してくる。源信の『往生要集』が地獄・極楽に明確な姿を示したことがエポックとなり、浄土信仰は紫式部の『源氏物語』に色濃い影を落としている。

準拠

もとは、南北朝における注釈書『河海抄《かかいしょう》』が、『源氏物語』の方法を理解するために用いた概念。一般に、『源氏物語』が故事先例にならいつつ、「虚構」の物語を描くとみる。『河海抄』

は、繰り返し「準拠なきことは一事もなき也」といい、準拠の事例をあげるが、準拠にも、物語の深層にかかわる事例と、表層にかかわる事例とがある。

土橋寛

一九〇九年（明治四二年）生～一九九八年（平成一〇年）没。専門は、『古事記』や『日本書紀』の中に組み込まれている古代歌謡の研究。柳田国男の民謡論を参照して、古代歌謡と民謡とが同じ原理によって構成されていることを指摘した。さらに、古代歌謡から古代和歌や物語にまで、学説を理論的に展開した。『萬葉集』から『伊勢物語』『源氏物語』の和歌にまで言及している。特に、歌謡や和歌に対する従来の抒情詩観を徹底して批判した。業績をまとめた『論文集』三巻（塙書房）がある。

ユング

ドイツの心理学者。一八七五年生～一九六一年没。ユングは、フロイトと袂を分かち、無意識から生み出される空想的なイメージが、神話における普遍性のあることを指摘し、個人的無意識だけでなく、集合的無意識であることを解明した。夢分析を重視したユングの元型論は、神話学や文化人類学の知見に活用された。

中宮彰子

藤原道長の娘。九八八年（永延二年）生〜一〇七四年（承保元年）没。一条天皇の後宮に入内、中宮となった。後一条天皇、後朱雀天皇の母ともなった。紫式部は女房として、道長から中宮の教育係として仕えるよう要請されたものと考えられる。『源氏物語』も、この彰子のために制作されたものと考えられる。また『紫式部日記』は、中宮彰子が皇子を産んだ経緯を、女房の立場から記したもの。

柳田国男

一八七五年（明治八年）生〜一九六二年（昭和三七年）没。日本民俗学を確立。東京帝国大学を卒業後、農商務省に勤務、やがて貴族院書記官長に就いたが、辞して東京朝日新聞の客員となった。早くから農民の貧困に注目し、地方の郷土史家を組織して民間伝承の世界を描きとめた。晩年に至るまで、日本文化の固有信仰の解明をめざした。業績をまとめた『柳田国男集』全三五巻（筑摩書房）がある。

池上洵一

一九三七年（昭和一二年）生〜。『今昔物語集』を中心として、徹底した注釈に基づく説話研究を専門とする。また、出身地の岡山県津山市に伝わる「猿神退治」の伝説など口承文芸にも言及する、幅広い研究領域をもつ。業績をまとめた『著作集』全四巻（和泉書院）がある。

源隆国

『公卿補任』によると、一〇〇四年（寛弘元年）生～一〇七七年（承保四年）没。儀式書『西宮記』を著した源高明の孫。『宇治拾遺物語』の「序」の内容から『宇治拾遺物語』の編者に擬せられている。大納言でありつつ宇治に住んだので、宇治大納言と揶揄的に評された。

南波浩

一九一〇年（明治四五年）生～二〇〇〇年（平成一二年）没。戦後すぐには、マルクス主義理論から物語を論じた（『物語文学概説』『物語文学』など）が、やがて『源氏物語』研究に向けて『伊勢物語』『竹取物語』など初期物語の注釈研究や、『紫式部日記』や『紫式部集』など紫式部の伝記研究に専念した。『紫式部集』の諸本を渉猟した諸本校異と全注釈は、先駆的な研究として高く評価されている。最後の編著『紫式部の方法』（笠間書院）は、数多くの研究者が影響を受けたことがわかる。

第Ⅱ部　論考

1　初めて『源氏物語』を読む人に

はじめに

　よく「『源氏物語』を読みたいのですが、何を読んだらよいですか」と聞かれることがある。結論からいうと、どれでもよい。これは、どうでもよいという意味ではない。すでに現代語訳は、与謝野晶子、谷崎潤一郎、円地文子《えんちふみこ》など、小説家を中心とする翻訳が、現代に至るまで数多く刊行されているし、大和和紀氏の漫画も有名である。この長い長い物語の概要を、前もって翻訳や漫画などで承知していると、『源氏物語』がおよそ、どのような世界を描いているかが分かるであろう。それは重要なことである。また、古典の本文を初めて読んだときにも、理解の進むことはまちがいない。

　一方、これを学術的に読むには、岩波書店の新日本古典文学大系、小学館の新編日本古典文学全集などがよく用いられる。ただ、これで問題がないのかというと、ことはそう単純ではない。何がどう問題なのかを少しばかり説明しておきたい。

『源氏物語』はどこにあるか

かつて芭蕉の『奥の細道』の写本が発見され、作者自筆の本かどうか、議論されたことがある。江戸時代の作者の場合なら、原作の新発見がないとはいえない。

ところが、古代の作者である紫式部については、そんな心配は全くない。というのは、すでによく知られているように、紫式部自筆の原本が現存しないからである。『源氏物語』を読む上で最初に出会う、避けられない問題は、どの本文で読むのかということである。

そこで考え方は、次のように分かれる。

1　紫式部自筆の原本を求めてできるだけ古い本文を読むこと。

2　できるだけ一揃いの本文で読むこと。

結論からいえば、どちらでも言い分はある。

例えば前者では、玉上琢彌《たまがみたくや》編『源氏物語』（角川文庫）は、底本《そこほん》として、定家自筆本を優先し、欠ける場合は定家の子孫である明融の模本を用い、それにもない巻は、池田亀鑑氏[1]の『源氏物語大成』の底本となった、古代学協会蔵の飛鳥井雅康等筆本（通称大島本）を用いるとしている。

　この底本というのは、写本から本文を校定するときに、基準とする伝本をいう。どんな伝本にも「傷」があり、読めない箇所や、意味の通らない箇所がある。そこで、翻刻するだけでなく、諸本の異同を勘案して、文脈がたどれるよう本文を確定させる手続きをとる必要がある。つまり、玉上氏は、鎌倉時代の歌人であり、勅撰集の撰者であった藤原定家の自筆本（とされている花散里巻、行幸巻、柏木巻、早蕨巻など）を優先し、次に冷泉家の明融の模本を用いるという。明融は、定家の八代孫である。そしてその他は、次善の策として、やむなく飛鳥井雅康等筆本を用いるといった考えに基いていることが知られる。すなわち、ここでは、定家自筆本が最も古態であり最も紫式部自筆本に近いから、これらを優先すべきだという「見識」が働いている。

　後者では、例えば、新大系は、底本には、飛鳥井雅康等筆本を用い、唯一欠けている浮舟巻は、東海大学付属図書館蔵明融本を用いるとしている。(2)

　こちらは書写者の（できるだけ）全巻が揃っていることを優先する「姿勢」をとっていることが知られる。さらに後者でも、早く旧大系は、宮内庁書陵部蔵、室町時代の三条西実隆が校訂した青表紙本を用いている。(3)つまり、絶対的な底本はないということである。

旧大系で、三条西家本が採用された理由は、一九六〇年代という研究状況も関係するが、紫式部自筆本に近いことを絶対的な基準とするというよりも、三条西家伝来の証本《しょうほん》ということで一貫性を持たせるということを評価する姿勢をとったからだといえるだろう。

これもひとつの考え方であるが、書写された年代が下がると、新しい時代の表現がまぎれこんでくることも避けられない。まだ著作権という考え方もないし、原本を大切にしようという考え方もない時代だから、書写する人がその時代の表現で書き直してしまう可能性があるからである。確かに、旧大系を読むと、平安時代の表現だけではなく、もっと新しい時代の表現が「混在」しているという印象を受けるときがある。

つまるところ最近の本文研究では、池田亀鑑氏の確立した日本文献学の方法に依拠して、異同を手掛りに諸本の系譜を建設しようとしても、(4)現存伝本の範囲内では、異同をいくら積み重ねても、原本には絶対に辿りつけないという認識が学界では共有されている。

しかも、さらにもっと最近では、定家本そのものの復元も無理だという考えが出されている。(5)

このように記してくると、信用できる本文がどこにもないから結局、『源氏物語』の研究は「できない」のだというふうに「悲観」論に立っているかのように見えるかもしれない。しかし、そこまで「悲観」する必要はない、と私は考える。現代のわれわれは、今日目の前に在るテキストを、先験的なもの、所与のものとして受け止める以外にとるべき立場はないであろう。

どの本を読むのか

一般に、『源氏物語』は、池田亀鑑氏の『源氏物語大成』の分類に従って、

定家本
河内本
別本

というふうに、三分類されている[6]。これは、まず定家本、すなわち藤原定家の書写した系統の伝本がある。さらに、河内守源親行・光行という学者の校訂した本文がある。そしてそれ以外があるという分類法である。

ひとつの伝本の位置付けを考えるとき、これらの名称を用いることは多いが、現在はこの分類法が果たして妥当だったかどうか、再検討しようとする動きもある。

ただ、別本は系統をなしているわけではない。実態としては、非定家本系、非河内本系の諸

本を包括する呼びかたである。あるいは、別本の中には、両系統の入り混じった混態《こんたい》本も含まれている。恩師南波浩は、別本に分類されている陽明文庫本の中でも、須磨巻は特異な本文であることを、ことあるごとに指摘していた。別本の中に古態性をうかがう可能性はあるだろう。(7)

担い手のこととしていえば、鎌倉時代には歌人によって、室町時代には連歌師によって、江戸時代には俳諧師によって、『源氏物語』の注釈が行われ、「読み継がれてきた」ということができる。

興味深いことは、時代によって主として採用された本文が異なることである。知られているように、鎌倉時代の『源氏物語』は、主として河内本が用いられていた。また、室町時代には、主として定家本が用いられていたといわれている。

要するに『源氏物語』の本文は、通時的にみて、どの伝本も「絶対的」なものではなかったのである。

ただ、冒頭句「いづれの御時にか」は、あまたある伝本に例外なく共通しているから、この表現そのものは「紫式部」の表現であることはまちがいないであろう。この冒頭句の表現は、他の物語とは決定的に異なるから、『源氏物語』の特質が象徴的に集約されているに違いない。(8)

とはいえ、そのような箇所は、全体のごく一部にすぎない。

結局、分析は、どの本によってどのような結果が得られるかでしかない。考察は常に相対的なものであると考えるべきだろう。

ちなみに、研究者にいちばんよく用いられている本文は、新編全集である。もちろん、これもまた「絶対的」な本文でないことはいうまでもない。

考えるところ、問題は、論じかたである。そうすると、例えば、かつて藤井貞和氏のように、『源氏物語』第一部が王権を主題としたことから、宇治十帖へ主題に救済を選び取ったところに『源氏物語』の方向性を見て取ることは可能であろう。(9) そのときにも、諸本間の表現の異同を参照しつつ論じる以外にない。そのような次元であれば、新たな考察の可能性は開けてくるにちがいない。

『源氏物語』研究の落とし穴

『源氏物語』研究の現状からみると、個別伝本の書誌学的研究は近時、思いのほか盛んである。それらの研究成果は驚くほど精緻で、厖大な報告がされている。

一方、注釈的研究を進めるときには、「前提」として、定家の『源氏釈』以下、南北朝の四辻善成『河海抄』、室町時代の一条兼良《かねら》『花鳥余情《かちょうよせい》』以下、「注釈書」そのものの研究史も厳然として存在する。受容史という研究領域もある。

それでは、これら厖大な「注釈」研究を「通過」しなければ『源氏物語』の研究はできないのか、というと私は、そんなことはない。もっと直《じか》に『源氏物語』を捕まえる分析こそ、求められる必要があると思う。中世・近世の注釈史が『源氏物語』の読みを行う上で「障害」になっているのである。問題は、注釈史とはいったい何かである。

ひとつのヒントは、風巻景次郎氏の『源氏物語』研究に対する次のような総括にある。

> 『源氏物語』を一つの作品として読みとろうとする努力は中世この方引きつづいて行われているが、その主たる結果は、注釈と系図と年立との三つに形を備えてきていることが分かる。[10]
>
> （傍線・廣田）

系図とは、登場人物の系図のことである。この物語は登場人物の数が多いし、同じ呼称で違う人を示すこともある。そこで、誰もが自分で系図を何度も作り直しながら読むことになる。また、そのような努力は大切である。また登場人物が同じなのに、呼称が変化することがあるので、この官職名で呼ばれる人物がこの場面では誰なのか、いつも確認しながら人物関係図を作成しなければならなくなる。この積み重ねによって源氏物語系図が出来ていると考えればよいであろう。また、年立《としだて》とは、この巻では光源氏何歳かと、主人公光源氏（と、宇治の薫の）年齢を基準とする年紀である。

風巻氏は、年立を「年譜風の形を持った一覧表」にまとめあげたのは「室町期」であり、なかでも一条兼良による年立は「中世源氏学における年表的整理の一つの決算」だという。さらに興味深いことは、風巻氏は旧年立には「矛盾」を残しているけれども、新年立は「独断」によっていて、「本来矛盾のないように辻褄《つじつま》の合わない年立は誤っているのだとする合理主義」が働いている。すなわち、本居宣長《もとおりのりなが》の新年立は「原作を完璧なもの、本来矛盾など含んでいないものとする古典の偶像化、神秘化の精神と密着している」と述べていることである。(11)

そうであるならば、「注釈」と「系図」と「年立」などに収斂《しゅうれん》される、中世から近世の注釈史とはいったい何だったのだろうか。そもそも『河海抄』『花鳥余情』以下の古注釈とは、現代のわれわれの考える注釈とは同じではない。『河海抄』『花鳥余情』などの歴史的な注釈書たちは、それぞれの時代の理解を示しているにすぎないのかもしれない。

例えば、かつて興味深く読んだ論文で、あれからもう四〇年近く「忘れ去られた」ようになっていることを、残念なことだといつも思い出す考察がある。平井仁子氏の論文「物語研究における年立の意義について—「源氏物語」の場合—」は、「物語の時間的秩序」を明らかにするものとして「年立」をめぐって、『源氏物語』において年立は可能なのか」と問う。平井氏は物語に見える、年齢の「朧化《ろうか》表現」や「断定的な年齢表記」のあることに注目する。さらに「年の変わり目」と「季節」や「継続状態の不明な箇所」を検討したうえで、「確定する根拠がない場合」を調べ、「巻々の関係にはかなり断続的な性質」があること、「巻々の承接関係を明らかにできなかった部分」の存することを指摘する。この分析方法そのものは、実に興味深いのだが、今は措こう。平井氏は、

我々が物語に対する時、物語にはじめから付随したものとして年立があったわけではないことを再認識し、作られた年立の枠に従って物語の本文の記述を訂正しつつ読むような姿勢は避けるべきではないか、と思うのである。(12)

と結んでいる。すなわち、年立に依拠した読みが、本当に物語本来の読み方として「有効か」という問題提起をしているのである。もちろん、物語の表現そのものが、年立を「正確に」表現していないからといって、小説家の創作ノートのように、机上に対照させる年立表を、紫式

部が卓上に置いていなかったことまで証明することはできないという反論も予想できる。

ただ、私がこだわって問題にしているのは、物語における年立は、登場人物の細かな年齢が、果たして古代物語として、創作過程の問題としてではなく、読みに不可欠なのか、ということである。かつて、年齢の齟齬をもってケアレスミスがあるなどと批評されたことは、はたして正当な議論だったのだろうか。

むしろ私は、このような年立や系図が問題になる以前、中世以前の『源氏物語』の読み方はどのようにあるべきか、古代物語の本性そのものをどう取り出せるのか、と改めて問いたい。

最終形としての本文

古典文学の本文というものを考えるとき、原本とか作者自筆本という用語も可能であるが、学的にはそれらは想像上の存在でしかない。本文を段階的に成立したものと考えて、もう少し客観的に捉えるために「初期形」という用語を用いてみよう。そうすると、これに対応して、現在に伝来する本文を「最終形」と呼ぶことができる。この「初期形」と「最終形」とは、どのように理解すべきであろうか。

例えば、『伊勢物語』は、『古今和歌集』と和歌を共有していることから、片桐洋一氏の仮説によると、西暦九〇〇年ごろにはわずか二〇数段の、小さな物語であったといわれる[13]。ところが、鎌倉時代に藤原定家みずからが整理、書写した伝本は一二五段にまで増補されている。この間の増補改訂を、年代の明らかな文献と突き合わせて、およそ三次に及ぶものと想定されている。

　これは明確に三段階で成立したということを主張されているわけではなくて、『伊勢物語』本文が漸次、増補されていったものと考えられるという理解でよいであろう。

　同様に、『宇治拾遺物語』の序を手がかりとすると、現在の『宇治拾遺物語』は、逸書である『宇治大納言物語』をもとに、何段階かにわたって増補されたことが予想される[14]。

　これらの事例から類推すると、現存する伝本すなわち本文の「最終形」の中には、物語本文の改訂が歴史的に形成された過程が折り畳まれている、ということができる。ただ留意しなければならないことは、『伊勢物語』にしても『宇治拾遺物語』にしても、どの章段が古いか新しいかが判明したとしても、古い章段は、表現そのままが保存されているわけではなくて、ある段階における編纂において、全体的に表現の改変を受けている可能性があることも否定できないということである。

　いずれにしても、物語の古態に対して、どのように新たな表現が書き加えられ、手直しされたかは、もはや想定不可能である。だとしても、「最終形」の本文は「初期形」以降の改訂の歴史を含んで成立しているといえる。

『源氏物語』の新しい読み方はあるか

学生からよく聞かれることは、「『源氏物語』の研究って、もう何もすることがないのではありませんか」という質問である。

いやいやそんなことはない。確かに、図書館に並ぶ『源氏物語』の研究書の多さには圧倒される。だがよく考えてみると、活躍している研究者、著書を書いた研究者は、学生諸君の年代からすれば、父や母、祖父や祖母の年齢の方々である。そう考えれば、新しい時代の感覚で、新しい読み方のできる可能性は、ある。

問題は、誰から何を学ぶかである。

これは、研究を志す人が、それぞれの考えに即して考えるしかないのだが、少なくとも私がめざした研究の起点とは、『源氏物語』を小説として読む「近代的な」理解の誤りを糺《ただ》すことである。戦後の「構想論」や「成立論」などの恣意的な議論に倦《う》み、なぜこんなに議論が拡散するのかを考えると、このような「混乱」を引き起こした根源は、和辻哲郎「源氏物語に就きて」[15]にあると考えたからである。もしくは、和辻氏に代表されるような、近代小説的な読みを克服する必要がある、と考えたからである。和辻氏が影響を与えたというよりも、和辻氏のよ、うなあたかも近代小説を読むかのような文芸批評が、戦後の成立論や構想論、そして「源氏物語悪文」説を生み出しているからである。

例えば、武田宗俊氏の『源氏物語の研究』は、簡単に言えば、紫上系の巻々が先に成立し、玉鬘系の巻々が後に付加されたという「仮説」を示したことで有名である。[16]武田氏は『源氏物語』を「紫上系の物語」と「玉鬘系の物語」と名づけ、二つの物語に分けて、「紫上系の物語は玉鬘系の物語とは独立し、完全な統一を持つものとして、後者に無関係である」という。すなわち、「玉鬘系の物語」は「付加的結合で、有機的な融合とはなっていない」のであり「接続の不自然さ」のあることをいう。[17]ここまでは形態論である。

そこから武田氏は「合理的な説明理由」を「紫上系十七帖が先ず構想され、玉鬘系は後に記述挿入された」と見るのである。[18]かくて武田氏は、形態論から成立論を導くのである。

ただよく考えてみると、巻と巻との連絡を「不自然」とか「有機的」でないという判断は、何をもって基準とされているのであろうか。何よりも武田氏が、物語内部の「違和感」を、外部の「成立事情」の問題へと展開させたことは正しかったであろうか。

この仮説は学界に大きな反響を巻き起こし、岡一男、森岡常夫、その他諸氏の批判[19]を呼び起こしたが、総括的で真正面から批判を加えた論考は、長谷川和子氏の『源氏物語の研究』に尽きるであろう。長谷川氏は、武田氏の挙げた用例や事例を一々検証され、武田氏の理解が正確ではないとして、「武田説については可能性は認めつつも、それがそのままでは成立し得ないとする結論」に達したという[20]。

例えば、長谷川氏は「玉鬘系の巻の人物が紫上系の巻に顔を出さない」ことは「成立事情」のゆえではなく「話題―ひいては登場人物―の意識的書き分け」によるものかとされている[21]。ただ、惜しむらくは、長谷川氏もまた、小説的理解の虜《とりこ》であったことである。例えば、長谷川氏は武田氏のいわれる「上の品の物語、中の品の物語をそのまゝ、いわゆる紫上系物語、玉鬘系物語と云かえてもよい」として「中の品の物語を上の品の物語と混ぜ合わせることの困難や、その場合予想される読者の不満をさける」必要があったと推測される[22]。そうすると、『源氏物語』は「読者」を中の品と想定して書かれたことになってしまう。

あるいは、賢木巻における有名な条であるが、長谷川氏は六条御息所の回想の中の年齢表示は、作者の「ケアレスミス」だとする[23]。が、これはむしろ場面性の問題ではないだろうか。すなわち、六条御息所の回想場面が、中国古典を典拠とするものいいをしたからであり、また年立と齟齬が生じたとしても、あとから記される表現が先に記された記事を「上書《うわが》き」するものと理解すればよい、と私は考える。

ともかく、武田氏の成立論については、これ以上の議論を打ち切ろう。いずれにしても、テキストのもつ「矛盾」や「錯誤」を指摘することにこだわるのではなく、所与のテキストを（できるかぎり、そのまま）どう読めるのかという問題に帰着させるべきであろう。

まとめにかえて

それでは、どのような視点において小説的理解を克服できるのかというと、繰り返しになるが、どのようにすれば古代物語として『源氏物語』を理解できるかを考えることである。少なくとも私は、そのひとつの成果が『源氏物語評釈』（角川書店）であると考える。[24] あるいは、玉上氏の学統を継がれた清水好子氏の一連の研究であると考える。[25]

その論の可能性については、次の章で少し述べてみたい。

注

（1）玉上琢彌編『源氏物語』第一巻、角川文庫、一九六四年、三頁。

（2）柳井滋他校注『新日本古典文学大系』第一巻、岩波書店、一九九三年、iii頁。
（3）山岸徳平校注『日本古典文学大系』岩波書店、一九五八年、一六頁。
（4）池田亀鑑『古典の批判的処置に関する研究』中央公論社、一九四一年。
（5）加藤昌嘉「本文の世界と物語の世界」『源氏物語研究集成』第一三巻、風間書房、二〇〇〇年。あるいは、加藤昌嘉『揺れ動く『源氏物語』』勉誠出版、二〇一一年、など。
（6）池田亀鑑『源氏物語大成』第一巻～、中央公論社、一九八四年～。
（7）陽明文庫本は、定家本系の巻と河内本系の巻とが混在するために別本とされているが、須磨巻が古態を遺す可能性もなしとしない。
（8）廣田收「「いづれの御時にか」と光源氏の物語」『『源氏物語』系譜と構造』笠間書院、二〇〇七年。
（9）藤井貞和「王権・救済・沈黙」『源氏物語の始原と現在』三一書房、一九七二年。廣田收「文学史としての源氏物語」『文学史としての源氏物語』武蔵野書院、二〇一四年。
（10）風巻景次郎「源氏物語の成立に関する試論」『風巻景次郎全集』第四巻、桜楓社、一九六九年、四三頁。
（11）同書、四六～七頁。
（12）平井仁子「物語研究における年立の意義について——「源氏物語」の場合——」『中古文学』一九七八年九月。
（13）片桐洋一『伊勢物語の研究』研究篇、明治書院、一九六八年。
（14）小峯和明氏は『宇治拾遺物語』の幾つかの説話が『宇治大納言物語』と説話を共有し、『今昔物語集』『古本説話集』『打聞集』『世継物語』と「かなり近い文章関係」をもつことから、「四者と『宇治拾遺物語』との共通話」約一〇二話が、『宇治大納言物語』が院政期に成立した説話集であり、『宇治拾遺物語』の古層にあたるという（小峯和明『宇治拾遺物語の表現時空』若草書房、一九九九年、二五四頁）。

(15) 廣田收『講義　日本物語文学小史』金壽堂出版、二〇一〇年、三七三頁。あるいは、『文学史としての源氏物語』武蔵野書院、二〇一四年、三一八頁。

(16) 和辻哲郎「源氏物語に就きて」『思想』初出、一九二二年一一月。その後、『日本精神史研究』（岩波書店、一九七〇年）に所収。

(16) 武田宗俊「源氏物語の最初の形態」『源氏物語の研究』岩波書店、一九五四年。

武田氏は、「紫上系の巻に玉鬘系の巻に出ていることを前提している人物がない」という（同書、九頁）。そして「文体、技巧、人生観等種々の点に於て紫上系、玉鬘系の間に判然とした相違のあること」をいう（同書、二六頁）。さらに武田氏は、「紫上系十七帖が初め独立して完結していたもの」が存在した。それが、「光源氏栄華の物語」であり、「光源氏愛欲の物語」であったという（同書、三四頁）。

武田氏は「この物語の形態」が「構成上欠陥の多いもの」と捉え、特に「大きな欠陥」は、「主人公源氏の恋の心理に自然さ、実らしさの少いこと」（同書、三七頁）や「光源氏の道徳的欠陥」（同書、三七頁）、「まじめでないと解せざるを得ない婦人関係が、まじめな恋として扱われ」る「大きな欠陥」があるという指摘（同書、三八頁）にまで及ぶ。しかしながら、武田氏の立論は、『源氏物語』が身分社会を基盤とすることが閑却されているという意味で「欠陥」をもっといわなければならない。

　ここまでくると、問題は武田氏の印象や解釈の次元に及ぶが、逆に、そのような武田氏の印象や解釈を根拠として、玉鬘系の後期挿入の仮説が立てられているのではないかとさえ推測したくなってしまう。

(18)　同書、四頁。
(19)　岡一男「源氏物語成立論批判」『国文学研究』一九五一年一二月、森岡常夫「源氏物語に於ける対立的契機」『文学研究』第七集、一九五一年五月、同「源氏物語構成上の問題」『文学』一九五二年七月。
(20)　第一七巻「解題」日向一雅監修『源氏物語研究叢書』クレス出版、一九九七年。初出、『源氏物語の研究』東宝書房、一九五七年。
(21)　同書、六二頁。
(22)　同書、一六頁。
(23)　同書、七三頁。
(24)　『源氏物語評釈』第一巻〜、角川書店、一九六四年〜。
(25)　清水好子「源氏物語の作風」『国語国文』一九五三年三月。その後、『源氏物語　文体と方法』(東京大学出版部、一九八〇年)に所収。ちなみに、清水氏の代表的著作のすべては、『清水好子論文集』(全三巻、武蔵野書院、二〇一四年)に集約されている。

2　『源氏物語』の中の『竹取物語』―― 重層する話型 ――

はじめに

紫式部がなぜあんなに長い物語を書けたのかという疑問は、誰しもが抱くことである。物語の主題について、紫式部が論理的な思考に基いて結論だけを述べるなら、もっと簡単なごく短い文章に纏《まと》められたに違いない。すでに指摘されているところでは、紫式部は中国の『漢書』や司馬遷の『史記』などから、編年体や紀伝体などを学ぶことによって、『源氏物語』の方法として応用したとされてきた。また、中国の志怪小説の影響を受けたとも指摘されてきた。

ただ、紫式部が、学者であった父親から、どれほど中国の学問や歴史書を学んだとしても、史書五経を始めとする外来の知識や学習の蓄積だけで、物語が書けるわけではない。それでは、何が必要なのかというと、まずは彼女独特の文体はどのようにして獲得されたかなのだが、これはなかなか難問である。さらにいえば、紫式部自身の意識的世界だけでなく、おそらく紫式部もあまり意識もしなかったであろう、伝統的な「無意識の世界」の枠組みに支えられることでしか、物語は描けなかったにちがいない。

つまり、皮肉なことだが、物語を描くには、古代においては話型に乗せて書く以外になかったから、物語は長くなったということもできる。

物語が長くなるのは、その当時の物語の枠組み―今仮に話型《わけい》(1)と呼んでおこう―を用いているからである。その話型は無意識の世界―伝承に依拠していると考えられる。いや、もともと仏典にしてからが、伝承に依拠しているものだからである。逆に言えば、話型を用いずに物語は描けない。繰り返し『源氏物語』を読むと、ひとつの主題にひとつの話型を用いて、ひとつずつ描いているように思われる。それ以上、複雑な描き方は、古代において可能でなかったといえる。

つまり、古代の作者は、ひとつの話型を用いてひとつの物語を描き終えると、次の話型を用いて次の物語を書くというふうにしか描けないように思われる。

それでは、『源氏物語』において話型は、どのように組み込まれ、機能しているであろうか。

話型からみる『源氏物語』の三分割

話型という観点からすると、『源氏物語』は大きくいえば、三分割して理解することができる。

第一部は、一般に冒頭の桐壺巻から藤裏葉《ふじのうらば》巻までである。

『源氏物語』は、まず光君が帝の第二番目の皇子として設定されたことから始まる。選ばれた存在である光君は、皇位継承の可能性を持ちつつ、支配者の側からは常に危険であり、緊張を生み出す存在であるために、帝の手によって臣下に落とされてしまう。ところが、帝の位から遠ざけられた光源氏は、后藤壺を犯し奉ることによって、みずからの運命に復讐しようする。しかも、皇子が生まれる。同時に、藤壺の身代わりとして、若紫を手に入れる。

ところが、父帝の退位によって、光源氏は一挙に迫害を受ける立場に陥る。光源氏は、葵《あおい》巻の御代替りから一直線に須磨への流浪へと導かれる。当時、政界から失脚した政治家は二度と都に復活を遂げることはできなかった。ところが、明石の地で住吉神を祭祀すると言挙《ことあ》げした光源氏は、長年にわたって住吉神を信仰していた明石入道の援助もあって、みごとに再生を遂げる。帰京した光源氏は、また一直線に栄華を獲得する道を歩む。完成した六条院に帝の行幸と上皇の御幸とを迎える藤裏葉巻が、第一部の綴じ目と考えてよい。

この光源氏物語の「大きな」枠組みを、折口信夫氏の提唱した貴種流離譚(2)という視点からみると、物語の基層に、水辺へのさすらいと禊を経て、神となるという話型が働いているといえる。一方、物語の表層においては、政治的な栄耀栄華を意味する。いわゆる「めでたしめでたし」型の話型を見てとることはたやすい。

あるいは、この物語の「大きな」枠組みを、白鳥処女譚に見る見解もある。そうであれば、理想の女性藤壺の他界と引き換えに、地上にある光源氏には、罪の子皇子（冷泉帝）と若紫（紫上）とが齎《もたら》される。物語の基層において、冷泉帝と紫上とは、光源氏に授けられた壽福である。いずれの考えが「正しい」かではなくて、物語を支える枠組みが幾重にも働いていることはまちがいない。

第二部は、若菜上巻から光源氏の晩年を伝える幻巻までをいう。物語は、朱雀上皇が溺愛《できあい》する女三宮の婿探しをする若菜上巻から始まる。

この婿探しは、ほとんど上皇と乳母との会話や光源氏の会話や内面が描かれることで進められる。そして、光源氏のもとに女三宮の降嫁、柏木による女三宮への犯し、懐妊と御子薫の誕生、そしてこの事情を知っていながら光源氏が罪の子薫を、自分の過去の過ちの因果応報と理解しわが子として抱く、というところまでが、ひとまとまりの物語である。第二部は登場人物の会話と、光源氏の内面劇で成り立っている。物語の焦点は、光源氏の六条院に女三宮を投げ入れるという、若菜上巻の冒頭の仕掛けのあとは、この「事件」がどのような波紋を広げて行くかである(3)。

ところで第二部は話型をもたないように見える。ところが、第一部と第二部を貫く話型は、光源氏の生涯を「一代記」という枠組みによって描こうとするものだとみることができる。例えば、『伊勢物語』は、小さな物語を集積しつつ、一代記という大きな物語の枠組みをもって全体が統一されている。これと同様の構成をもつのである。

第三部は、光源氏の次の世代による、宇治を舞台とする物語である。橋姫巻から最終の夢浮橋巻までをいう。

宇治十帖は、おおまかにいえば、前半と後半とから成る。前半（橋姫巻から総角《あげまき》巻）は薫と宇治大君との「奇妙な」恋物語である。なぜ奇妙なのかというと、薫と大君とはお互いを嫌っているわけではない。しかし、肉体的な関係をもつことなく、饒舌《じょうぜつ》な姫君に対してひたすら薫は「聞き手」という役割を引き受ける。薫との議論の中で、大君は当時の仏教の教えである「宿世」というものを疑ったまま、他界してしまう。

宇治十帖の後半（早蕨《さわらび》巻から夢浮橋巻まで）は、大君を失った薫が、形代《かたしろ》として浮舟を得る。形代というのは、人の罪を背負い流されることで人の罪を祓うという儀礼的な存在であることを象徴する語である。ところが、浮舟は薫に世話を受けるが、匂宮を恋人とする。薫と匂宮との間で葛藤した浮舟は入水を試みるが、果たせなかった。横川僧都は、行き倒れていた浮舟を助ける。僧都によって浮舟は出家を遂げるが、薫は浮舟を探し出す。薫から迫られた僧都は、浮舟に（諸説があるけれども、私は）還俗を勧める（と理解している）。ついに僧都は浮舟を救えないのではないか、浮舟は果たして救われるのかという問いが、この物語の最後に投げかけられている。

話型の視点から『源氏物語』を見ると、早く折口信夫の「貴種流離譚」の指摘がある。ただしこれは、単に個別の作品について指摘したものではなく、日本文学を貫く話型として指摘したものである。一方、宇治の物語の前半は、白鳥処女譚の枠組みを用いており、後半は「うなゐ処女譚（菟原処女譚とも）」の枠組みを用いているといえる。この長い物語を支えるために、何らかの枠組みが働いているということは、おそらくまちがいない。

それでは、これらの話型だけで『源氏物語』の構成的な枠組みのすべてを説明できるかというと、ことはそれほど単純でない。もちろん、どのような文体を用いるか、どのような視点で描くのか、ということはあるが、話型にかぎっていえば、例えば、花散里巻は、前半と後半が、対称法とか隣爺型とかと呼ばれる様式によって構成されている。[4]あるいは、若紫巻は、異界への来訪と帰還とか、春の山入りの呪福の獲得とかといった話型が用いられている。つまり、大きな枠組みに小さな枠組みが組み合わされているといえる。

大きな話型と小さな話型

従来の研究では、『源氏物語』は、『伊勢物語』や『竹取物語』などの「影響」を受けているという指摘が多かった。『源氏物語』は、個別の箇所や人物造型あるいは、限られた範囲において『竹取物語』や『伊勢物語』の「影響」を受けているという指摘である。例えば、浮舟物語にはかぐや姫の印象があるとか、『竹取物語』を下敷きにして描かれているといった指摘である。

実は、緩やかに「一代記」の様式で全体を統一させている『伊勢物語』や『竹取物語』自身が、その内部にさらに小さな話型による物語によって構成されている。例えば、『竹取物語』は、全体としてみれば、一代記の様式が働いているといえるが、伝承としては「来訪と帰還」という枠組みを深層にもつというふうに、である。この来訪と帰還という枠組みは、此界の存在（男）が、異界からの来訪者（女）を掩留するが、壽福を授けた来訪者（女）は、男を此界に残して異界へと帰還するという枠組みである。

例えば、『竹取物語』を例にとって話型の問題を考えてみよう。この物語では、部分的に、主人公が変化する。つまり、話型が複合しているのである。

Ⅰ　冒頭部　貧しい翁が輝く少女を発見することで豊かになる（主人公は翁）。
Ⅱ　中間部　求婚難題譚（主人公はかぐや姫。求婚者は貴公子と帝とに分割されている）
Ⅲ　結末部　翁が不死の薬を拒否し、帝が富士山の山頂で薬と手紙を焼く（主人公は翁。地上に残される男は、翁と帝に分割されている）。結末部が『竹取物語』の独自の主題を担う。(5)

というふうに、枠組みは複合している。

あるいは、『伊勢物語』では、流布本の天福本を例にとれば、小さな物語一二五話が一代記の枠組みの中に組み込まれている。その小さな物語は、およそ、

隣爺型　例えば、筒井筒の段（第二三段）
反復型　例えば、九十九髪の段（第六三段）(6)

のいずれかの様式によって構成されていることが多い。

したがって、おおまかに『伊勢物語』や『竹取物語』の「影響」を受けたか受けなかったかという議論は、いかにもつかみどころがない。むしろ、同じ様式を備えた枠組みを、物語同士が共有するか否かという議論をすべきであろう。

結局、私はこの問題を「影響」とか「受容」といった、(論証のむずかしい)曖昧《あいまい》な論じかたをするのではなく、『源氏物語』の本文は『竹取物語』や『伊勢物語』が内部に抱え込んでいる物語の単位の枠組みを重層的に生成させているというふうに考えたい。

例えば、玉鬘物語の話型とは

光源氏は、少女巻で六条院を建造する。ところが従来は「唐突」にも玉鬘巻が始まり、初音巻以下、この六条院を舞台に玉鬘と光源氏との「あやにくな」恋が、四季を通して描かれる、と読まれてきた。ただ私は、この巻の接続を「不自然」だと捉える必要はないと考える。

もし少女巻の次におかれている玉鬘巻から真木柱巻までの十帖を「玉鬘物語」と呼ぶことができるとすれば、玉鬘巻は、長谷寺観音の霊験譚の枠組みを用いている。さらに、その内部には、部分的な場面において、紫上と玉鬘、玉鬘と近江君というふうに、隣爺型の話型が用いられている。

それだけではない。玉鬘巻以降の巻々は、『竹取物語』におけるかぐや姫をめぐる求婚難題譚の枠組みが重ねられている。互いの人物配置を類比的（アナロジー）に捉えることができる。

『竹取物語』		『源氏物語』	
かぐや姫		玉鬘	
翁／嫗		光源氏／花散里	
貴公子 1　石造りの皇子	拒否Ⅰ	夕霧	拒否Ⅰ
2　蔵持ちの皇子	拒否Ⅱ		
3　右大臣阿部の御連	拒否Ⅲ	柏木	拒否Ⅱ
4　大伴の大納言	拒否Ⅳ		
5　石上の中納言	拒否Ⅴ	蛍兵部卿宮	拒否Ⅲ
帝	拒否	光源氏	拒否
月の都の人	奪還	鬚黒大臣	奪還

かぐや姫は裳着（成人式）の直後から、ただちに貴公子たちの求婚の対象となる。いうまで

もなく『源氏物語』はもっと複雑で、光源氏の立場ももっと複雑である。光源氏は、玉鬘の後見人（翁）であるとともに、王として求婚する立場（帝）にも立つ。

かぐや姫は最後の求婚者「いそのかみまろたり」には同情的であったが、玉鬘も蛍兵部卿宮には必ずしも拒絶はしていない。

また、「西の対の姫君」である玉鬘は、求婚の対象として置かれる。

もし「西対」が〝求婚されるべき姫君の場所〟であるとすると、若紫は光源氏の妻となって、二条院「西対」から「東対」に移ったと見るべきかもしれない。光源氏の妻たる紫上は、六条院春町においても、光源氏と同じ「東対」に住む。紫上が「東対」に住む理由を、そのこと自体に求めても、答はおそらく得られない。これに対して、未婚の玉鬘は求婚されるべき姫君として、夏町「西対」に置かれる、と見るべきかもしれない。「紫のゆかり」紫上は春町「東対」に、「露のゆかり」玉鬘は夏町「西対」というふうに、対照的に配置される。

ともかく類比的に捉えれば、『源氏物語』と『竹取物語』とは幾つかの点で対応関係がみられる。

しかしだからといって、「玉鬘物語」が『竹取物語』を直接的に「引用」したといえるのかと反論されるかもしれない。確かに、それはそのとおりで、両者の間に存在するのは、類比的な同一性であって、「影響」は蓋然的なものでしかない。だからこそ、話型の共有があるとしかいえないのである。

ところで、かつては、この玉鬘物語はひとつの完結性をもつという印象があるために、武田俊宗氏の仮説のように、紫上系の物語に後期挿入されたものだという見解も見られたといえる。だが、考え方によっては、話型の機制というものが強く働くので、「唐突」にも鬚黒《ひげくろ》大臣によって玉鬘が引き取られるところまで、ひととおり玉鬘物語は話型に沿って語り終えなければならないように見えるのである。あるいは、「唐突」に玉鬘が物語から退去させられることも、話型の制約といえるかもしれない。

問題は、この長谷寺霊験譚の枠組みと『竹取物語』の話型とは「矛盾」しない。むしろ、霊験譚と『竹取物語』の話型とは重なり合うものである。

さらにいえば、先に紹介したような、紫上系に対して玉鬘系を後期挿入と捉える武田宗俊氏の議論と突き合わせてみると、紫上系の物語に玉鬘十帖がぎこちなく接続している印象を与えることも、むしろ玉鬘十帖が『竹取物語』に見てとれる難題求婚譚の枠組みの機制が強く働いているからであり、ひとつの物語をひとつの話型でもってでしか描けないという機制が働くからだ、と捉え直すことができるだろう。

物語のモデルとは何か

これまで光源氏は誰がモデルなのかという議論が繰り返されてきた。いわく、在原業平、菅原道真、源融、藤原道長など。おそらく、光源氏のモデルを問題にするとき、人物像というか、人となりの問題に矮小化するのではなくて、その人物の事蹟ゆえにモデルであるか否かが問われるのだというべきであろう。もう少し言い方を変えれば、何某の生涯がひとつの伝承として記憶されており、光源氏の物語は、数多の先人の生涯を伝承として畳み込んで描かれているということができる。

詳細な論証は省かざるをえないが、さまざまなモデルは、次のように重層的に物語を構成していると捉えることができる。

↑表層　　　　　　　　　　　　　　　深層↓

政治的敗北	**后への犯し**	**皇位継承**	**后への犯し・皇位継承**
源高明	在原業平	源融	秦始皇
菅原道真	交野少将		

（左遷される）　（后を過つ）　（即位の野望）　（后を過ち皇子を生ませる）

例えば、『河海抄』は秦始皇が「臣下に密通して所生云々」という伝説を記している。これは『史記』秦始皇本紀に対して異伝ともいうべき呂不韋伝の記すところである。これを光源氏物語の基層をなす伝承とすれば、皇位継承を望みながら叶わなかった源融や、后をあやまった在原業平や、左遷された源高明などの生涯が、光源氏の物語には重層しているといえる。(7)『河海抄』から盛んに議論された準拠論も、切り口を変えると、物語を構築する原理の問題へと変換できるであろう。

まとめにかえて

少しばかり事例を示し、急ぎ足で見通しだけを記したが、この大きな『源氏物語』は、大きな枠組みの中に小さな枠組みを組み合わせて構成している、重層的で複合的なテキストであると理解できる。違う言い方をすれば、小さな枠組みを大きな枠組みによって織りなした構築的な本文と理解できるであろう。

誤解のないように申し添えると、話型は固定的な鋳型やユニットというふうに考えるよりは、緩やかに物語の展開を規制する、見えない枠組みと捉えた方が有効である。

注

（1）従来、話型という用語を用いた研究者は、三谷邦明氏や日向一雅氏、島内景二氏が代表的であった。三谷氏は、プレ・ストーリーという意味で用いている。島内氏は、如宝珠というものに話型を一元化される。

私は、物語の表現を支える原理的なるものを、見え方に層差があると考え、

（←表層）　　　（深層→）

話柄 type／話型 narrative form／元型 arche type

「鶴女房」　「来訪と帰還」　「死と再生」

というふうに、層をなすものとして理解したい。

（2）折口信夫「小説戯曲文学における物語要素」『折口信夫全集』第七巻、中央公論社、一九六六年。初出、一九四七年。

（3）清水好子「源氏物語の主題と作風―若菜上・下巻について―」『古代文学論叢』第一輯、武蔵野書院、一九六九年。清水氏は「実は若菜両巻で一番大切なかつ必要な事柄はすべて書き終わったと見てよい」という。すなわち、若菜巻がすべてだという理解は、物語の設定と連続する出来事を、ひとすじのことと見通して描いていると捉えられる。

（4）三谷邦明「花散里巻の方法―伊勢物語六十段の扱い方を中心に―」『中古文学』第一五号、一

九七五年。廣田收『『源氏物語』伝承と様式』『文学史としての源氏物語』武蔵野書院、二〇一四年、初出一九八五年。

（5）　検討の詳細は省くが、他の文献にみえる「竹取翁伝説」（「かぐや姫伝説」）と比較すると、翁が「不死の薬」を飲むことを拒否し、富士山の頂上で、帝が（翁が）手紙を焼くという結末部は『竹取物語』の独自的で、主題的な部分といえる。

（6）　隣翁型の事例は、例えば第二三段で、幼馴染の「田舎わたらひしける人の子ども」同士が結婚を果たす。その後、男が元の女のもとを離れるとき、女は風雅で優れた歌「風吹けば」を詠む。ところが、男が通い始めた「高安の郡」の女は、下品で陳腐な歌「君があたり」を詠む。男は元の女のもとに戻り、高安の女のもとから離れる。かくて、二人の女が対照的に語り分けられるという語り方である。

一方、反復型の事例は、例えば第六三段で、「世心つける女」が「いかで心なさけあらむをとこ」に出会いたいと「子三人」を呼ぶ。女は、謀りごとをするが、一度めと二度めはうまく行かない。ようやく、三度めに「かいまみ」して歌を贈ると男はこれに答えて出会ったという。反復のうちに状況の転換が生じるとする語り方である。文献の物語であるから、一度めと二度めの失敗は省略されている。

（7）　廣田收「『源氏物語』の方法と特質―『河海抄』「准拠」を手がかりに―」田坂憲二・久下裕利編『源氏物語の方法を考える―史実の回路―』武蔵野書院、二〇一五年。

3　『源氏物語』の作られ方 ―― 場面と歌と人物配置 ――

まえがき

滋賀県にある石山寺の伝説では、紫式部が琵琶湖の上に輝く美しい月を眺めつつ、忽然として須磨巻を発想したという。もしそうだとしても、実際に紫式部が物語を描くためには、物語の壮大にして綿密な構成や、具体的な叙述を押し進める文体といったものが必要であろう。そうであれば、具体的に物語を描いて行くには、叙述というものに何らかの仕組みや仕掛けがなければならない。とはいっても、誰も作者の頭の中をのぞき見ることはできないし、構想とか意味といった確証のない議論はかいのないことだ、というべきであろう。

むしろ問題は、今ここにあるこの物語を、物語の表現に即してどのように読むのかという課題でなければならない。

物語は小説ではない

『源氏物語』は、場面の集積である。あるいは、場面の連鎖である。(1)

ややもすると、われわれは物語から小説のようにストーリーを「読み取ろうとする」けれども、ストーリーは先験的に存在するのではない。高等学校までの国語教育によって習慣付けられてきたように、主人公に同化してストーリーを読み取ろうとすると、近代的、小説的な「解釈」のまぎれ込む可能性がある。われわれは無意識に、場面と場面との間に、論理的な継起性を読み取ってしまうのである。それが「正しい」読み方だと疑わずに。

例えば、物語の場面転換は、『源氏物語』では具体的な表現の事例として、

1　話題の転換　…　まことや、かくて、その頃、
2　季節の転換や暦日の明示　…　その秋、年変りて、冬になり行くまゝに、四月になりぬ。年変わりぬ。明くる年の二月に、
3　場所の移動や転換　…　内裏には、かの須磨は、かしこには、

などという語句をもって明示される。場面と場面との間には論理的な関係は示されていない。

物語における場面と場面との関係は、おそらく①対照性と、②連想性とが基本であろう。

例えば、光源氏の正妻葵上の急逝の後、和歌をもって追悼する場面が置かれる。追悼のため

に、光源氏は、一定の形式をもった哀傷歌を詠むのでなければならない。

その直後、紫上の新枕が描かれる。かつて、この明暗の対照は、ややもすると、光源氏の好色とか不実とか、人物造型の欠陥として理解されかねなかった。しかしながら、この場面の対照性こそ古代物語の特性だと見ることができる。光源氏は全力で悲しみ、全力で恋する。葵上に対する悲しみの深さゆえに、若紫に対する情愛の深さが際立つのである。

そこで、いったんストーリーを離れて物語を、心を虚しくして読めば、物語は場面を単位とするということがわかる。場面は、場面の転換を表示する上記のような類型的な表現によって縁取られている。場面と場面とは強い論理性、継起性によって結び付けられているわけではない。

それでは、場面そのものはどのように構成されているのかというと、男と女の対偶をもって構成されている。その中心に置かれるのが、和歌である。

逆に言えば、場面は、和歌の贈答や唱和を核として構成される。それではどのような和歌が選び取られるのかというと、男と女の関係に応じて、詠まれるべき和歌の形式や内容が、おのずと定まってしまうから、和歌が置かれたときには、男と女との関係は殆ど表現されてしまう。

問題は、その和歌が『古今和歌集』の部立の名称を借りれば、恋歌なのか、離別歌なのか、哀傷歌なのかということにすぎないのである。

和歌はひとつの挨拶である

古代の和歌を考える上で、重要な視点は、和歌は抒情詩ではない、ということである。益田勝実氏は、「歌がけの生活にまぎれこんだはれのことばである」（傍点・原文のママ）という。「日常生活の中で歌の伝統的に占める位置、歌が歌い上げられるべき箇所箇所、折々はほぼ決まっている」として「恋の問答」や「物品の贈答」や「手紙の交換」などが「きまった生活の場面における歌に対する歌の答えである」という。益田氏は、桐壺巻における帝と「瀕死の床」の更衣との場合を取り上げ、「帝のけのことばの会話」（傍点・原文のママ）に対して、更衣が「歌で答えるには、更衣の中にそうさせる何かの契機があつた」とみる。

しかしながらこの古代の身分社会の中で、帝の言葉は単純にケだとはいえない。「私を捨てて亡くならないでほしい」という帝のもったいない言葉に対して、更衣は歌という、それこそハレの言葉でしか答えられないと考えるべきであろう。

ここで益田氏は、ハレとケの二分法を用いているが、私はケの中にも、ケの中のハレと、ケの中のケがあると思う。なぜそのように言うのかといえば、ケの贈答においても、挨拶として儀礼性は働くからである。また、最も心情を率直に表現するときには、修辞や技巧といったものかの必要のない歌い方がなされる。それが後にも述べるように、紫上のような正述心緒の様式の歌なのであろう。

さて、益田氏は『源氏物語』の多くの歌は、贈答歌である」という。そして「歌が贈答歌として日常生活に入ってきているのは、古くからの伝承的なもの」であり、「語りごとや歌謡に発した歌」が「日常的生活の中でのやや折り目だった部分と深く結びついて、それが伝承的に歌の座になった」という(2)。

益田氏のいわれる、日常生活の中の「折り目」とか「歌の座」という捉え方は興味深い。ただ、だからといって「更衣の里邸での命婦と更衣の母、帝と更衣の母の贈答歌には、会話以上のものを見いだすことができない」として「儀式としての会話」「日常生活の中に迷いこんだ儀礼のかけら」だと切って捨ててよいであろうか。

おそらく益田氏は、和歌の儀礼性と抒情性とを対立的に捉えすぎる。儀礼性とはいうものの、儀式性というものの中に切なく哀しい詠者の心情が滲むというところに、『源氏物語』の和歌の特質があるのではなかろうか。儀礼性の中に抒情性がどのように絡み合うのかが重要である。

いずれにしても、益田氏は、古代和歌を「挨拶」と捉え、「あらたまったことばでの呼びかけと答え」であり「家族同士ではない人間を結ぶコミュニケーションの本体」とみている。そして「歌は、単なる抒情の具ではなく、人と人とをつなぐことばとして独特の役割を果たしていた」という。(3)この捉え方こそ、『源氏物語』の和歌の特質をみごとにいいあてている。

歌の場と様式

古代歌謡の研究者であった土橋寛氏は、考察の対象として「文字に定着され、それを媒介として享受者に読まれる筆録文学」と「口誦によって表現され、耳を通して直接享受者に聞かれる口誦文学」の両者を併せて、「文学」と捉える。(4)そして「歌われる歌である」「歌謡」を「歌い手と聞き手の関係、歌の場の性格」において捉えようとする。そのとき、土橋寛氏は「歌謡」を「書承の中で自己表現として作られる和歌」とは異なることを強調される。

というのも、土橋氏の研究は、従来の研究が「歌謡も抒情詩であり、作者の自己表現だという、研究者の抒情詩的歌謡観に基づいて解釈され、評価されてきた」ことを批判するところから始まっているからである（傍点・廣田）。

このような視点による土橋氏の考察の射程距離は、古代歌謡から『萬葉集』、さらに『古今和歌集』までに及ぶ。土橋氏は『萬葉集』がもつ「雑歌」「相聞」「挽歌」の三分法が「制作事情（制作された場）による分類」であり「雑歌」は「儀礼や行事を場とする歌」だという。

さらに、土橋氏は『古今集』は「完全に内容の分類」によるものであり、『古今集』の歌が生活から離れて独立した世界を形作った結果、分類の基準が歌の制作事情から歌の内容の方に変わった」と評するまでに至る。(5)

しかしながら、土橋氏の説かれるような、和歌が「生活から離れて独立した世界」を獲得するのは、むしろ中世を待たねばならないであろう。私は、『古今集』の和歌の中にも、和歌の儀礼性はなお強く働いていると考える。

さらに、土橋氏は『源氏物語』にまで言及し、「光源氏やその周辺の女性たちとの歌と同様、物語の述作者によって創作されたもので、いわば作者によって代作された作中人物の歌であり、従ってその性格が作中人物の抒情詩的自己表現である」と述べている（傍点・廣田）。いささか乱暴にも、土橋氏にとって『古今集』と『源氏物語』の和歌とは同質のものと見做されているのである。

一方、柳田国男氏の民謡研究を、古代歌謡研究に援用させた土橋氏は、「古代歌謡と近代の民謡との間には、驚くほどの類似が認められる」として、集団性や発想法（もしくは「発想の型」）、

主題の型、素材の型などについて詳述している。(6)

しかしながら、『古今集』の和歌や『源氏物語』の和歌がもつ特質を、単純に「自己表現」という点で括ることはできない。なぜなら、『古今集』の分類は単に「内容」の分類ではなく、むしろ土橋氏の重視した「場」の問題、あるいは和歌の形式、和歌の場に基づく発想、表現の型によって分類されているとみえるからである。つまり、「離別」の部立に採られている歌は「離別歌」の様式によって、「哀傷」は「哀傷歌」の様式によって歌われたものだからである。すなわち、別れて行く人にたいして本心でどう思っていようが、離別の場では、「別れを惜しむ」「早い帰京を願う」といった類型に乗せて歌わなければならない。哀傷の場では、「別れを悼む」「行く方が分からない」といった類型に乗せて歌わなければならない。

その意味で、和歌は挨拶であり、儀礼である。そのことは、『源氏物語』の和歌においても同じである。

歌の場とは何か

行事や会合において、口頭で詠じられたはずの歌がなぜ後世に残り、伝わるのかというと、そこには歌の「場」があり、場の記録があるからである。周知のように、勅撰集は歌集や記録資料に基いて編纂される。つまり、詞書に何げなく記されているとみえる歌にも、歌の詠まれた場があるはずだ。

繰り返すが、和歌は、場を離れて詠まれることはない。

考えてみれば、男と女が手を伸ばせば触れ合うほどの距離にあれば、もう言葉などはいらないであろう。にもかかわらず、お互いになぜ和歌を交わす必要があるのだろうか。

それは、もともと和歌が挨拶としての儀礼性を帯びているからである。それがケの中のハレである。ふたりだけの密度の高い、まさにケの世界においても、和歌は一定の儀礼性を帯びて交わされる必要があるといえる。(7)

ケの和歌の儀礼性

そのとき、和歌は抒情性の具ではない。というのも、『源氏物語』の研究においては、まだ和歌の抒情詩的な理解はぬぐい去り難いからである。

和歌は場を伴う。その場とは、空間や場所のことではない。むしろ二人の置かれた文脈のことである。(8)場の違いによって、和歌は詠まれ方が異なる。

和歌の詠まれ方には、約束事がある。約束事とは、季語とか景物とか、掛詞とか序詞とかといった、文法的な問題ではない。和歌の詠み方の問題である。
『萬葉集』には、周知のように、

寄物陳思
正述心緒
譬喩歌

という様式的な区分が知られている。心情を率直に表明することは正述心緒の様式によって可能である。この概念を用いれば、いささか極端であるが、

ケに儀礼性の働かない詠歌　…　正述心緒

ということができる。『源氏物語』では若紫、後の紫上の得意とするところである。[9]
それ以外のほとんどは、寄物陳思の様式によって詠まれている。
季節を詠じるにも、立春なのか、惜春なのか、その折節の場に即して和歌は詠まれなければ

ならない。

その意味で、和歌は儀礼性を帯びている。

儀礼性とは、和歌の場の目的や意図によって詠み方が決まることをいう。したがって、単純にハレ（晴）とケ（褻）という二分法では説明できない。なぜなら、ケにも儀礼性の働くときと、働かないときがあるからである。

注

（1）清水好子氏は、『源氏物語』が『伊勢物語』の「形式」を襲いつつ、「眼目となるような大切な場面」は、「主人公たちが対座する場面」であり、「同心円を描くように、そのもっとも外側の円は、次の同心円の一番はしの外円に重なる」と捉える（「源氏物語の作風Ⅰ」『清水好子論文集』第一巻、和泉書院、二〇一四年、五〇〜五四頁。初出、『源氏物語の文体と方法』東京大学出版会、一九五三年）。さらに、須磨巻においては「光源氏が須磨に退去すること」が「大事件」であったために「作品として、それを具体化するために作者がとった方法」が、「主人公が人々と別れを惜しむ場面をいろいろ用意することであった」という（同書、四六頁）。そのため「変わってゆくのは、源氏に対座する相手役のみ」であったという（同書、四六頁）。

あるいは、清水氏は「男と女の二人の対面の場面を中心とする話の連鎖によって、各巻が構成されている」という（同書、五九頁）。

清水氏の場面というものについての認識は、きわめて重要である。しかしながら、須磨巻の場面の連鎖は繰り返しを厭わず、女性たちを序列化して光源氏との離別を語るのであるが、それこそ清水氏の説かれるように「二人の相対座する中心人物のいる場面」が「この物語の心象風景を刻みあげてゆく際の原型」（同書、四七頁）を基本として、離別歌を贈答・唱和するところに、物語の本性があるとみてよいのではないか。作者が意図的に場面を操作するというふうに理解するよりも、物語を描く上で、場面を積み上げることが不可避であったと捉える方がよいと考える。

（2）廣田收『『源氏物語』②場面とは何か」『講義　日本物語文学小史』金壽堂出版、二〇一〇年、二〇四頁。及び、廣田收『『源氏物語』の場面構成と表現方法」『文学史としての源氏物語』武蔵野書院、二〇一四年、二〇五頁。

益田勝実「和歌と生活」『解釈と鑑賞』一九五九年四月。

（3）益田勝実「挨拶の歌」『短歌の本Ⅰ　短歌の鑑賞』筑摩書房、一九七九年一〇月。

（4）土橋寛「序章」『古代歌謡の世界』塙書房、一九六八年、一〇頁。

（5）同書、一二～二七頁。

（6）同書、三一～五一頁。

（7）廣田收『家集の中の「紫式部」』新典社、二〇一二年、二〇九頁。

（8）廣田收「まえがき」『『紫式部集』歌の場と表現』笠間書院、二〇一二年。

4　初めてシェイクスピアを読む人に

シェイクスピア作品のテキスト選び

現在、シェイクスピア作品のテキストは、様々なものが出版されている。一六・一七世紀に使用されていた近代初期の英語は、現代英語とは異なることから、やはり注釈がしっかり付けられているものが読み易いであろう。

テキストのなかで、もっとも安価で簡単に手に入るのは、ペンギン版ではないだろうか。しかし本文への注釈の数が少なく、丁寧に読みたいと思われる方には、すこし物足りないかもしれない。他に、オックスフォード版やニュー・ケンブリッジ版も定評がある。特に、ニュー・ケンブリッジ版は、実際の上演についての情報にも力の入った編集がされており、上演に関心のあるかたには参考になると思う。二〇一七年には、ニュー・オックスフォード版が出版される予定で、多くの研究者が心待ちにしている。

解説の丁寧さや注釈の多さで最も充実しているのは、やはりアーデン版である。一八八九年に『ハムレット』が出版されて以来、二五年の歳月をかけてシェイクスピアの全作品が順次刊行された。

その後、一九四六年から、新たにアーデン版・第二シリーズの刊行が始まった。長い年月の間に作品への理解や批評の手法も変化する。第二シリーズは、こうした研究成果を積極的に取り入れて編纂されている。

第二シリーズが一九八二年に全作品の出版を終えて完結し、一九八〇年代には第三シリーズの編集が動き始めた。この第三シリーズで話題となっているのが、『ハムレット』に関して三種類の原文が別々に扱われていることである。二〇〇五年に『ハムレット』第二・四つ折り版が一巻本として出版され、その翌年に第一・四つ折り版と第一・二つ折り版を収録したテキストが出版されて、シェイクスピアの本文研究の現状に配慮した出版形態となっている。いよいよ九〇年代から出版が始まった第三シリーズは、現在も刊行が続いているが、ちょうどシェイクスピア没後四〇〇年にあたる二〇一六年中（あるいは二〇一七年中）には、編集中の作品がすべて刊行される予定で、第三シリーズも完結する。

アーデン版は作品ごとに担当する編者が変わる。それぞれの編者によって、やはり好みの違いというか、注釈の付け方にも個性があるので、それを読み比べるのもなかなか興味深い。また、以前のシリーズと比較することで、各作品の研究の展開の様子を把握できるという醍醐味もある。

シェイクスピア英語を読むために

シェイクスピアの活躍した近代初期と呼ばれる時代は、近代英語の揺籃期である。エリザベス女王の亡き後、英国王に即位したジェイムズ一世は、英国国教会の典礼で用いるために標準となる英訳聖書の編纂を命じた。一六一一年に出版されたこの聖書は『欽定訳聖書《きんていやくせいしょ》』の名で呼ばれ、近代英語の確立に大きな役割を果たした。シェイクスピア作品の多くは、一五九〇年代から一六〇〇年代に執筆されていることから、時期的に『欽定訳聖書』が出版される少し前となる。

シェイクスピア時代の英語と現代英語では語彙や文法に違いがあるため、読みこなしていくのに、すこし参考書があったほうがよいであろう。語彙については『オックスフォード英語辞典（*Oxford English Dictionary*）』が最も頼りになるが、これは二〇巻からなる大部なもので、以前は個人で購入するのも大変であった。現在はＣＤ‐ＲＯＭ版やオンライン・サービスも登場して、随分使い易くなったように思う。

シェイクスピア作品を読むことだけに特化した辞書も出版されている。Ｃ・Ｔ・オニオンズの『シェイクスピア・グロッサリー（*Shakespeare Glossary*）』は昔から定番とされているし、近年ではデイヴィッド・クリスタルとベン・クリスタルの編纂した『シェイクスピアのことば（*Shakespeare's Words*）』も役に立つと思われる。その他、アレクサンダー・シュミットの『シェイクスピア・レキシコン（*Shakespeare Lexicon and Quotation Dictionary*）』も語彙と一緒に、作品から多くの用例を挙げてくれていて参考になるはずである。また文法書では、E．A．アボットの『シェイクスピア文法（*Shakespearean Grammar*）』やG．L．ブルックの『シェイクスピアの英語（*Shakespeare's Language*）』があれば、近代初期の文法や修辞法を知る手助けとなるだろう。

シェイクスピアの翻訳

原文で読まずに翻訳で済ませたいということもあるかもしれない。翻訳だからどれでも同じということはない。翻訳もまた時代の空気をはらんで、それぞれの時代を反映したものとなっている。

シェイクスピアが初めて日本に紹介されたのは、一八八四年（明治一七年）のことである。この年、シェイクスピアの『ジュリアス・シーザー』が坪内逍遥の手によって、浄瑠璃本として翻訳された。当時、後進国であった日本は、政治、経済、工業技術、そして芸術といったあらゆる面で西欧を模範とし、西欧文化を積極的に取り入れようとしていた。シェイクスピアを訳した逍遥の動機も、英国の傑作を国内に紹介し、我が国の国劇を向上させようとするものであった。したがって、逍遥のシェイクスピアは、英国のシェイクスピアをありのままに伝えようとするのではなく、日本の伝統演劇の型にシェイクスピアの演劇を組み入れようと試みている。『ロミオとジュリエット』の翻訳が、浄瑠璃の台詞まわしとなっているのもこのためである。

逍遥の翻訳を手にとる度に、やはり昔の学者たちの英語力はかなりのものであったことを思い知らされる。一〇〇年以上前に翻訳されたものであるにもかかわらず、逍遥がシェイクスピアの台詞の意味を正確に把握していることには驚かされる。

二〇世紀に入ると、日本においてもシェイクスピア研究が本格的に始まった。齋藤勇氏の『シェイクスピア―彼の生い立ち及び芸術』（一九一六年）が出版され、市川三喜氏・岡倉由三郎氏共同主幹によるシェイクスピア主要作品の日本語による注釈本が刊行されるようになった。

不幸な戦争により、しばし西欧文化の吸収は停滞してしまうことになるが、戦後の復興期になると、再びシェイクスピアへの関心が高まる。福田恆存氏がロンドンで観た『ハムレット』

に感銘を受け、日本での本格的な翻訳上演を手掛けたのもこの頃である。シェイクスピア研究の成果を踏まえて、福田氏の翻訳は原文に忠実であると同時に、舞台での使用を考えて非常に歯切れのよいものになっている。

しかしここに難問が生じた。シェイクスピアは観客を楽しませるために駄洒落を駆使するが、直訳してしまうと英語と日本語という異なる言語で音が変化してしまうため、まったく意味をなさない。観客にとっては、面白いどころか意味不明になってしまう。これではシェイクスピアの楽しさは伝わらない。

一九五〇年から六〇年代に舞台を席巻した福田訳に代わって、一九七〇年代には新しい翻訳が登場してきた。時代は、ちょうど学生運動の時代を経ていたことから、西欧への憧れもやや薄らぎ、むしろ若者たちは安保闘争などを通して英米に対する反発すら覚えるような時代になっていた。本場のシェイクスピアをただただ真似して上演するのではなく、自分たちの考えるシェイクスピアを、自分たちらしく上演しても良いのではないかという発想が生まれつつあった。

演出家の出口典雄氏が、英国の正統派にとらわれることなく、自分の思うままに作品を演出しようと考えたのも、この頃であった。この時、出口氏が採用したのが、小田島雄志氏の訳である。小田島訳のシェイクスピアは、原文から離れることがあっても、ことば遊び、冗談や洒落を優先させ、そこに若者感覚のシェイクスピアを造り上げた。もちろん、原文の意味と乖離してしまう小田島訳については賛否両論あったものの、日本の現代にシェイクスピアを蘇らせようとした意義は大きかったように思う。

その後も、多くの翻訳家がシェイクスピア劇の翻訳に取り組んでいる。シェイクスピアの原文の意味を残しながら、上演に耐え得るような脚本を造り出すことは並大抵のことではない。それぞれの翻訳の背景に、こうした翻訳家たちの努力と時代のエネルギーが存在していることを是非知って欲しい。

翻訳に際して、シェイクスピアの台詞の駄洒落だけが問題になるのではなく、台詞が弱強五歩格という韻文で書かれていることも知っておかなくてはならない。弱音節とアクセントのくる強音節が交互に五回繰り返されて一行が構成されるリズム感を、母音が構成要素となっている日本語に移すことは不可能である。またひとつの単語に複数の意味が重ね合わされて台詞が構成されていることもあり、これを的確に翻訳することもできない。

そうしたことを考えると、やはり翻訳ではなく原文で読んで欲しいと思う。翻訳を傍らに置いてでも構わないので、是非とも原文に触れてみていただきたい。お気に入りの場面や好きな台詞だけでも構わない。シェイクスピアの原文を読みこなす楽しさも味わって欲しいと思う。

コラム1　『マクベス』あらすじ

荒野で三人の魔女たちが謎めいた呪文を唱えている。北部でコーダの領主が、スコットランド国王ダンカンに刃向かい反乱を起こしていた。王は反乱鎮圧のため、直ちに勇将マクベスを派遣し、反乱軍の討伐に成功する。凱旋するマクベスと盟友バンクォーの前に、魔女たちが姿を現す。魔女たちはマクベスにコーダの領主と呼びかけ、やがては王になることを予言する。更に、バンクォーには、その子孫から王となる者が生まれるであろうと告げるのだった。めでたい予言にもかかわらず、マクベスは動揺を隠せない。魔女たちが姿を消すと、入れ替わるかのように訪れた王の使者から、マクベスがコーダの領主となることをダンカン王が命じておられる、との報せを受ける。予言は的中した。

戦場で目覚ましい働きをしたマクベスを国王ダンカンは称賛するものの、皆の前で王位継承者は王の長男マルコムであることを宣言する。魔女のことばを信じかけていたマクベスは、王のことばに落胆せずにはおれない。彼が王になるという望みは、完全に潰えたからである。マクベスの居城にダンカン王が滞在した夜、マクベス夫婦は密かに国王暗殺を企てる。さすがに主君を手にかけることにマクベスは躊躇《ためら》いを覚え、決行するかどうか逡巡する。しかし夫人のことばに気を取り直し、ついに短剣でダンカン王を刺し殺してしまう。

凶行におよんだ後、たちまち深い後悔の念にかられるマクベスであったが、もはや後戻りはできない。凶行を王の息子たちの仕業と見せかけ、自分はまんまと国王の座におさまる。

喜びも束の間、マクベスは共に魔女の予言を聞いたバンクォーのことが気にかかる。バンクォーはマクベスの凶行に感づいている可能性があるからである。マクベスは密かに暗殺者を雇い入れ、バンクォー殺害を指示した。やがてマクベスのもとに戻った暗殺者たちは、バンクォーの暗殺には成功したが、子供は取り逃がしたことを報告する。

戴冠祝いの席上、バンクォーの亡霊を目にしたマクベスは激しく狼狽する。バンクォーの亡霊が見えるのはマクベスだけであることから、周りの者たちはマクベスの不可解な行動を、怪《け》訝《げん》な面持ちで見つめていた。

自らの将来に対する不安を覚えたマクベスは、今一度魔女たちのもとへ予言を聞きに行くことを決意する。魔女たちは、「マクダフに気をつけろ」「女から生まれた者にマクベスは倒せない」「バーナムの森が動かぬ限り、マクベスは倒せない」と謎の予言を告げる。それでも予言のことばを吉報と捉え、安堵したマクベスは、時を移さずマクダフの屋敷を襲って、一族郎党を皆殺しにする。

ただひとり難を逃れたマクダフは、イングランド国王のもとに身を寄せるマルコムを訪ね、暴君マクベス討伐を指揮するよう嘆願する。マルコムは本心を隠し、自分は王にはふさわしくない人間だと語って、マクダフを翻弄する。マクダフをマクベスの回し者だと疑っていたのである。会話を交わすうちに、マクダフの忠誠心に心を動かされたマルコムは、イングランド王の援軍を得て、マクベス討伐の準備が既に進められていることを打ち明ける。

その頃マクベス夫人は、夢遊病にかかり、夜中に徘徊を繰り返すようになっていた。夫人は闇の中を歩き回り、手についた血の染みを洗い落とす仕草を繰り返す。病状を観察した医者は、夫人が無意識のうちに口にする告白を耳にし、夫婦の秘密を察する。残虐な行為を繰り返すマクベスの周りからは、信頼できる部下がみな去り、いまや頼りにできる者はひとりもいない。やがて彼のもとに夫人が亡くなったという報せが届けられる。マクベスは呆然としながら、野心の空しさを、そして人生のはかなさを独白するのだった。

マルコム軍と対峙するマクベスのもとへ番兵から、バーナムの森が動き出し、城に迫りつつあるとの報告が届く。マルコムの率いる軍勢は兵力を隠すため、樹木の枝を携えて進軍を続けていた。その様がマクベス軍には、まさに森が動き出したように見えたのである。マルコム軍とマクベスは激しい戦いを繰り広げるが、孤軍奮闘するマクベスの前に立ちはだかったのは、予言の中でその名を告げられていたマクダフであった。予言により「女から生まれた者にマクベスは倒せない」と告げられていることを、マクベスは自慢げに語る。それに対してマクダフは、自分は帝王切開により、女の腹から男によって取り出され、この世に生を得たのだと応える。自分が魔女たちによって騙されていたことにあらためて気付かされるマクベスであった。一騎打の末、マクダフによってマクベスは倒される。故ダンカン王の長子マルコムがイングランドの援助のもと、スコットランドの王位を継承するところで、終幕となる。

5　『マクベス』における観客層と重層的な解釈

劇場の観客層

シェイクスピアの芝居を理解しようとする際に、劇場の観客層を把握しておくことは重要である。シェイクスピアの作品が上演されたグローヴ座は、張り出し舞台を取り囲む平土間の立ち見席と、一階から三階まで三層からなる桟敷席を備えていた。平土間《ひらどま》の観客収容数はおおよそ六〇〇人から八〇〇人とされ、桟敷席は一・二階の各階おおよそ一〇〇〇人、三階は七五〇人ほどであったと考えられている。観劇料は、立ち見の平土間が一ペンス、桟敷が二ペンス、特別席は三ペンスであった。労働者の日給がおおよそ一シリング（一二ペンス）という時代であったから、比較的安い料金で楽しめる娯楽であったといえるだろう[1]。

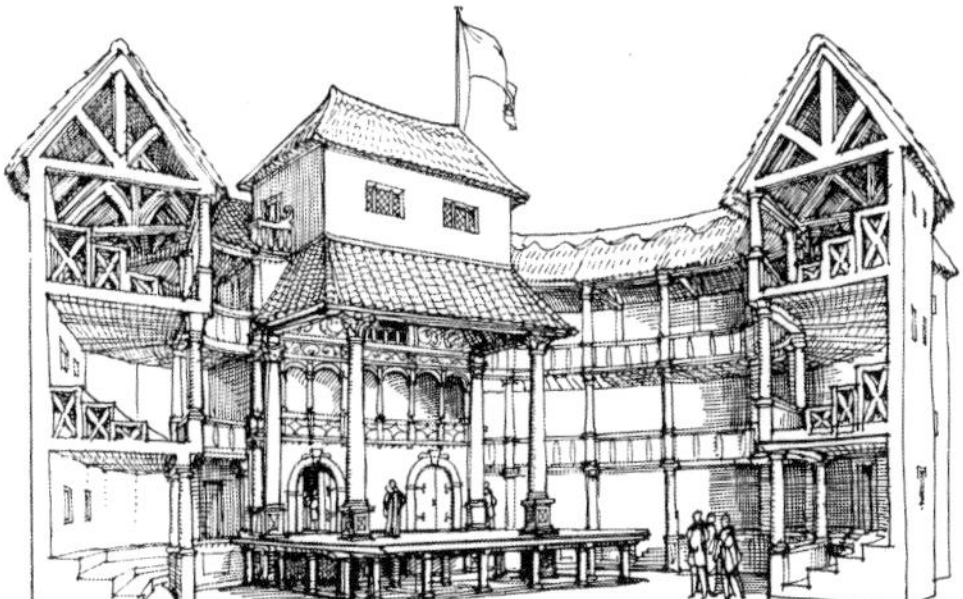

グローヴ座

人々にとって手軽な遊興であった劇場には、日雇い労働者から貴族階級やジェントリー（郷士階級）まで、実に様々な階層に属する人々が出入りした。当然ながら、階級により教育のレベルにも、随分差があったものと思われる。

地方都市に比べ、商業の中心であったロンドンの人々の識字率はかなり高かったと考えられている。文字が読め、自分の名前を署名することができた徒弟の割合は、ロンドンでは八〇％を上まわり、召使いでは約七〇％に達したと言われている。しかしそのロンドンにおいても肉体労働に従事する者たちの識字率は低く、母語での会話はできても文字は読めない者が多かった。更に、女性の識字率は実に一〇％足らずで、大半の女性が文字を読むことができなかったとされている。この傾向は一七世紀後半になるまで、ほとんど変わることはない。(2)

他方、政治の中心であったロンドンには、聖職や官職を求める多くの大学生や法学院の学生たちが集まっていた。商いをとおして暮らしぶりがよくなった商人たちには、自分の子供たちに高等教育を授けるだけの余裕が出始めていたのである。こうした大学や法学院で学んだ学生たちは、哲学や科学等の学問をはじめ法律などにも通じ、広い教養を身につけていた。したがって劇場の観客たちの中には、文字の全く読めない者、あるいはかろうじて文字が読める程度しか教育を受けることができなかった者から、大学や法学院の学生のような教養人や、生まれながらの特権階級であり、私邸に著名な学者を家庭教師として抱え込んでいた貴族たちまで、様々な教養レベルの人々が混在していたと考えられる。

シェイクスピアが、多様な観客層の教育レベルの差に配慮した様子は、芝居の台詞まわしからも窺い知ることができる。『マクベス』の第二幕二場では、野心にかられ主君ダンカン王を刺し殺したマクベスが、自ら犯した罪の深さを嘆く台詞が展開される。

What hands are here? Hah! they pluck out mine eyes.
Will all great Neptune's ocean wash this blood
Clean from my hand? No; this my hand will rather
The multitudinous seas incarnadine,
Making the green one red.

なんという手だ、俺の目をえぐり出す気か
海神ネプチューンの支配する大海の水をすべてかたむければ
この手から血のりを洗い落とせるだろうか。いや、むしろ
無数の波を抱く広大な大海原を朱に染め、

緑を深紅に一変させるだろう。　　　　　　　　（第二幕二場五六―六〇行）[3]

台詞の中の「無数の波を抱く広大な（"multitudinous"）」も「朱に染めて（"incarnadine"）」もラテン語系の難解な言い回しである。シェイクスピアは、まず多音節からなる格調高い表現でマクベスの苦悩を表現した後、すかさず次の行で「緑を紅に一変させるだろう（"Making the green one red"）」と同じ内容を平易な言葉で言い換えている。劇場の特別席や桟敷席に陣取った富裕層や教養ある観客層をうならせるだけの見事な台詞を展開し、同時に平土間にひしめく庶民たちの理解へも配慮した細やかな台詞まわしである。台詞まわしに観客層への配慮が見られるなら、劇作家は劇の解釈自体にも観客層へ配慮した可能性が考えられる。『マクベス』には、教養ある観客と無教養な一般庶民の観客のそれぞれに配慮した、異なる二通りの意味合いがこめられていたのかもしれない。

創作された時代と作品解釈

シェイクスピアによる『マクベス』の創作は、おそらく一六〇六年とされている。遡ること三年前に、エリザベス女王が崩御したことにより、イングランドは大きな歴史的転換期を迎えていた。生涯独身を貫いたエリザベスには、世継ぎとなる子供がおらず、イングランドの王位を誰が継ぐかという問題は、まさに国民にとって大問題であった。後継者不在の空白期間を狙って外国の侵略が危惧され、国内の貴族たちの対立による内乱の可能性も噂された。幸いにも女王は臨終の床で、縁戚にあたるスコットランド国王を後継者に指名して他界した。これを受けてスコットランド国王ジェイムズ六世は、一六〇四年イングランド王ジェイムズ一世を名乗り、イングランドとスコットランドの両国の王となった。おそらく女王亡き後の世相に不安を覚えていた国中の者が、政治上の妥協の産物とはいえ、この政権交替に胸を撫で下ろしたものと思われる。

しかし国家の危機を免れたと国民が安堵したのも束の間、人々はイングランドとスコットランドという異なる王国を統合するという大問題に直面することとなる。まず国内の法制度の整備や、商取引の慣習の調整、更には教育制度の統一など、即座に解決を要する問題が山積していた。何より、誇り高いイングランド人たちは、北方のスコットランド人が自分たちより文化的に劣っているという偏見を抱いており、統合は堪え難い屈辱とも思われたのである。そして、いよいよジェイムズの即位と共に、多くのスコットランド人がイングランドに流入してきたことで、事態は一層深刻なものとなった。宮仕えをする者たちはスコットランドの宮廷人が、自分たちにとって代わるのではないかと懸念し、商いを営む者たちはスコットランド商人によって、自分たちの既得権益が脅かされることを案じた。更に、大学や法学院の学生たちは、スコットランドの若者たちによって自分たちの就職先が奪われることを心配したのである。イングランドの人々にとって、両国の間に対等の関係は存在せず、あくまでイングランドによるスコットランドに対する覇権が保たれることこそ重要であった。

こうしたイングランドの人々の不安と期待を映すかのように、劇『マクベス』の筋は展開する。そこではマクベスによる王位簒奪により混乱を極めるスコットランドの王位継承問題が、イングランドのエドワード国王の援軍を得て安定するばかりか、王位簒奪者マクベスを倒し新国王となったマルコムは、イングランドの爵位制度をスコットランドに導入することで、自国民族を政治・文化の面においてイングランド風に啓蒙する様が描かれる。イングランドが、たとえ間接的にではあっても、スコットランドを制圧・支配していくという筋書きこそ、当時の観客を納得させるのにふさわしいものであったに違いない。スコットランドの史実にもとづいたマクベスにまつわるエピソードは、教養の違いには関係なく、当時のイングランド人にとって好ましい内容であったと思われる。シェイクスピアは、当時の観客の不満や不安をすばやく察知し、まさに時流にふさわしい題材を舞台にかけているのである。

王権神授説とジェイムズ国王

劇の中にはイングランド王エドワードが、神から授けられた霊力をもって病を癒すことが語られる場面がある。マクベスの追手を逃れてイングランドに身を寄せたマルコムは、イングランド王の霊力について述べている。

……伝え聞くところによれば、
王はその治癒能力を備えた天の恩寵を
その御子孫に伝えられているという。またこの不思議な能力の他にも
予言の能力を王はお持ちなのだ。
様々な神の恵みが王冠を取り巻いている様子をみると
徳の高い王であることがしのばれよう。
（第四幕三場一五四―五九行）

王の行う奇跡の治療への言及をとおして、神に選ばれし者である国王の聖性とその継承が直系によってなされることが強調されている。ここには新王ジェイムズの政治理念の反映が見て

とれる。スコットランドとイングランド両国を統治する王位に就いたとはいうものの、ジェイムズは群雄割拠の様相を呈する地方豪族の勢力を抑え込み、広く民衆の心を掌握するために、王権神授説と血統による王位継承を訴え、中央集権的政治支配の確立と安定を急ぐ必要があった。王の聖性を話題にしたこの台詞は、そうした新王の主張に迎合するかに思えるのである。

神聖なる王権に対する自らの考えを明らかにするために、ジェイムズは『独立君主国の真の法律（*The True Law of Free Monarchie*）』（一五九八）を執筆している。その中で彼は、王の神性について「王は地上における神として王座に座す」と記し、「人々に正義と裁きを与える」ことにより、この世の善を推し進め、悪を罰することこそ王たる者の務めであると説いている。そして何人たりとも王を裁くことはできないという。「君主がどのような過ちを、そして忌まわしい行為を行おうと、君主はあらゆる裁きを免れるべきであり、世界は王侯の命に従うように定められているのであって、王侯はいかなる制約も受けることなく、思いのままに世界を操ることができるのである」とジェイムズは主張する。(4) 更に、将来の王となるべき王子ヘンリーへの指南書である『バジリコン・ドロン（*Basilicon Doron*）』（一六〇三）においては、「天上の神は、人々を統治するため、玉座に座る小さな神としておまえをお造りになったのだから」と、長子の王位継承を明言している。(5)

ジェイムズ自身が王権神授を説くと共に、直系による王位継承を明らかにしたこれらの書物は、スコットランドからやってくる新国王に対する人々の関心もともなって、イングランドで大きな話題となった。ロンドンでは多くの人々がジェイムズの書物を買い求めたために、書物は版を重ね、特に『バジリコン・ドロン』はひと月足らずで約一二〇〇〇冊が売れたという。(6)

ジェイムズの唱えた王権神授説は、かつての女王エリザベスも王権に対する民衆の忠誠心を養うために喧伝したものであり、教会の説教にも取り入れられ、民衆を啓蒙するためのプロパガンダとして利用されてきた。したがって英国国教会の説教壇からは、神に選ばれし者である王の血統が神聖なものである以上、王に対する謀反は天上の神に対する大罪であるという教えが、繰り返し民衆に説かれた。それればかりか、国王が暴君であった場合ですら、天上の神が罪深き人々を罰するために暴君を遣わされたのだと説き、暴君に逆らうのではなく、その悪政にひたすら耐え忍ぶことこそ、神の御心に沿うものであると諭された。

エリザベス女王やジェイムズ国王による王権神授の立場に立てば、マクベスは神の代理である ダンカン王に対して謀反を起こした大罪人に他ならない。そして王殺しの罪に手を染めたマクベスの悲劇は、劇の最後でダンカンの長子マルコムの率いるイングランド軍勢に倒されることにより、天の報いを受けるという神の摂理を謳《うた》った勧善懲悪の芝居なのである。おそらく平土間の観客席にひしめく無学な者たちにとっても、こうした筋の展開は充分納得でき、しかも楽しめるものであっただろう。

教養人の間に広まる共和主義思想

しかし教養人たちにしてみれば、君主の唱える王権神授説が、民衆懐柔のための便法に過ぎないことはわかりきった事柄であった。絶対王政のもとに生きながらも、教養人たちは読書を通して、共和主義思想にふれる機会を得ていたからである。共和主義思想とは、君主制、貴族制、民主制という三つの概念を包括した国家形態である共和制を主張するもので、たとえ王といえども法のもとで裁かれることを定めていた。仮に国王が悪政を行うようなことがあれば、法の定めによって王を退位に追い込むことも可能であった。君主たちが王権神授をかさに着て絶対君主制を主張する傍らで、共和主義思想は確実に知識層に広まりつつあった。

既にイングランドでは、一五三〇年代にトマス・スターキー（Thomas Starkey）が君主の権限を制限する法の確立をヘンリー八世に求めており、政権の安定が難しかったエドワード六世やメアリ・テューダーの時代にも、多くの共和主義思想を示す議論が出版されてきた。なかでもサー・トマス・スミス（Sir Thomas Smith, 1513-77）の執筆した『共和主義の論説（*A Discourse of the Commonweal)*』（一五八一）と『イングランド共和国―イングランド共和主義の論説（*De Republica Anglorum: A Discourse on the Commonwealth of England)*』（一五八三）は、原稿の形で回覧されて知識人の間で話題となった。原稿は、スミスの死後ようやく印刷・出版されて、彼の主張は一層多くの知識人の目に触れるようになった。スミスは既にその著書のなかで、政治形態を君主制、寡頭政治制、民主制に分類しつつ、これらの混合形態の政治体制が望ましいと主張し、その上でイングランド議会の果たす役割の重要性を説いている。更に、一五九〇年代に入り、リチャード・ビーコン（Richard Beacon）の『ソロンとその愚かな企て―征服され、没落、腐敗した共和制の復興をめぐる政治論説（*Solon his Foliie, or a Politique Discourse touching the Reformarion of common-weales conquered, declined or corrupted)*』（一五九四）が出版され、君主の血統と有能な政府の力の均衡を論じ、知識人たちに盛んに読まれた。

翌年の一五九五年アントワープで、『次期英国王位継承をめぐる会議（*A Conference about the Next Succession to the Crown of England)*』が出版された。著者のロバート・パーソンズ（Robert Parsons）は、書物の中でイングランドの次期王位継承をめぐる議論を堂々と展開させ、それぞれの王位継承候補の正統性について詳細な検討を加える。同時に、イングランドの過去の歴史から暴君リチャード二世の治世を取り上げ、暴君に対して武器をもって立ち上がることの正当性が主張されるのである。

自然法、国宝、実定法というすべての法律が我々に説いているように、王侯もまた法と秩序の支配を受ける。国民の幸福のために王侯にすべての権威を与えている国民は、もし王侯がその権利を濫用し国民の不幸を招くようなことがあれば、その権威を制限することもでき、また取り上げてしまうこともできるのである。(7)

最終的に、次期王位継承者として、イングランド王室の遠縁にあたるスペイン王女が挙げられることから、書物がカトリック・スペイン王室偏重の立場によって書かれたものであることは認めるとしても、パーソンズの展開する議論はイングランドにおける共和主義思想の流れの中で理解されるべきものであろう。(8)

公に次期王位継承を論ずることはエリザベスにより固く禁じられており、この種の書物の出版はイングランド国内の検閲によって厳しく取り締まられていた。ただし外国で出版され密輸される書物については規制が追いつかず、著者はその抜け道を利用し、アントワープで出版されたこの書物をもって、イングランド国内のカトリック教徒たちに語りかけることを企てたのであった。本書の存在を知った女王は、すぐに販売を禁じるよう命じたものの、既にイングランド国内の多くの知識人が書物を手にしていたと思われる。更に、この書はスコットランドのジェイムズ王のもとにも届けられ、王は書物の内容に激怒したという。もちろんこの書が、ジェイムズのイングランド王位継承権を踏みにじり、スペイン王女を次期君主に推薦するものであることから、その部分がジェイムズの逆鱗に触れたことは想像に難くない。しかしジェイムズが最も危惧した点は、それよりもスコットランドにおける共和主義思想の隆盛にあったとも思われるのである。

一六世紀におけるスコットランドは、早くから共和主義思想の萌芽が見られ、ジョン・メイジャー（John Major）の『大ブリテン国の歴史（*A History of Greater Britain*）』（一五二一）や、ヘクター・ボイース（Hector Boece）の『スコットランドの歴史（*Scotorum Historiae*）』（一五七四）の中に、暴君が国民の反感をかって廃位に追い込まれる様子が綴られている。君主の暴政に対する抵抗は、ジョン・ノックス（John Knox）などにより正当化されてきたが、なかでも人文主義者ジョージ・ブキャナン（George Buchanan）の存在は大きい。長らくフランスの地で教育を受け、一五六一年にスコットランドに戻った後は、カルヴィン改宗者としてプロテスタントの布教に尽力したばかりか、やがてセント・アンドリューズ・コリッジの学長となり、一五七〇年からは若きジェイムズの家庭教師を務めた人物である。ブキャナンの残した多くの著作の中で、『スコットランド女王メアリの活動調査（*Ane detectioun of the duinges of Marie Quene of Scottes*）』（一五七一）、『スコットランド人の間で交わされた君主の法をめぐる対話（*De Iure Regni apud Scotos Dialogus*）』（一五七九）、『スコットランドの歴史（*Rerum Scoticarum Historia*）』（一五八二）は、共和主義思想を展開しながら、暴君への反逆の正当性を訴え、メアリの君主としての不適格さを立証しようとするものであった。ブキャナンの展開する君主論は、王権もまた法の支配を受けることを明言し、暴君に廃位を求めることの正当性を主張している。

……彼（君主）は王であると同時にひとりの人間であり、無知から多くの過ちを犯す……こうした生来の悪徳というのは王侯の場合、特に度を超すものである。まさに喜劇の警句「したいようにさせれば人間は誰でも堕落する」は真実を言い当てているのだろう。……だからこそ、王が取るべき道がわからない時や、道を踏み外した時には正しい道を示すために、法律が王に対するくびきとなるべきだと、賢人は言うのである。(9)

現実に君主メアリ・スチュアートの退位を求めるという事件が発生していたスコットランド

では、まさにブキャナンに代表されるような共和主義思想が大きな盛り上がりを見せていたのである。

自らの母メアリが断罪され、廃位に追い込まれるという経験を持つジェイムズにとって、プロテスタント勢力のブキャナンや、カトリック勢力のパーソンズから寄せられる共和主義思想および君主への反逆をも容認する政治思想は、自分自身の地位を脅かす危険思想に他ならなかったことは言うまでもない。ジェイムズはブキャナンの書物に弾圧を加えたが、共和主義思想を国内から完全に排除することはできなかった。そうした自分を取り巻く政治状況への対抗手段としてジェイムズが自ら筆を執ったものが、彼の『独立君主国の真の法律』および『バジリコン・ドロン』であり、王は書をとおして王権神授を唱え、君主の聖性を讃えることによって、共和主義思想に真っ向から反論を試みたのである。まさにジェイムズの王権神授説は、スコットランドとイングランドで声高に唱えられつつあった共和主義思想への彼なりの抵抗であったといえるであろう。イングランドの知識層は、スコットランド王がイングランドの王位を継ぐことから、新王の主張する政治思想を知ろうとし、更にブキャナンの記した書物にも手を伸ばして、スコットランドで広まっていた共和主義思想にもふれていた可能性は充分考えられる。

国王となる者の資質と暴君への反逆

劇中、マクダフはマクベスの追手を逃れ、イングランドにダンカン王の長子マルコムを訪ねる。マクベスの残忍非道な振る舞いのため荒廃する祖国スコットランドを救うために、本来の王位継承者であるマルコムに挙兵を求めるものの、マルコムはマクダフのことばを容易に信じはしない。マクダフを敵の遣わした間者ではないかと恐れるマルコムは、虚言を弄してマクダフの真意を探ろうとする。マルコムは、自分は王位を継承するに、ふさわしからぬ人物であるという。

私のことだ。自分でもよくわかっているが、
私のなかにはあらゆる悪徳が接ぎ木されているので、
ひとたびそれがあからさまになれば、あのどす黒いマクベスとて
雪のように純白に見え、私の引き起すことになりかねない限りない災いに
比すれば、祖国もあの男を子羊と思うであろう。
（第四幕三場五〇―五五行）

続けてマルコムは、自らが肉欲の悪徳に溺れ、所有欲に駆られ、嘘偽りを弄して憚らないこ

とから、王になるべき素質を何一つ持ち合わせていないと告げる。マルコムの衝撃の告白に、反乱軍蜂起の望みを絶たれたマクダフは絶望のうちに、そのような輩に国を治める資格はないと言い放つ。マルコムとマクダフの台詞は、血統による王位継承と君主への適正という問題に、教養ある観客の関心を向けさせたにちがいない。彼らが繙いた共和制を謳う書物の中でも、君主の適正は繰り返し議論されていたからである。そして王位に就いたとしても、悪政によって民衆を苦しめる暴君となった場合には、退位させることができると共和主義思想は説いている。

マクダフの反応に彼の誠実さを見たマルコムは、すべてを打ち明け、既にマクベス討伐の軍がスコットランドに進軍していることを明かすこととなる。しかし続く台詞のやりとりの中で、極悪非道をつくすマクベスが、繰り返し「暴君」と呼ばれていることは重要である。そもそもマクベスによるダンカン王殺害という真相を、臣下の者たちは知り得ない。だとすれば、残虐なマクベスといえども、正式な戴冠の儀式によって認められた国王であることに違いはなく、果たして暴君を廃位させることができるのかという問題が観客の心に問いかけられる。たとえ暴君であろうとも国王である以上、反乱を起こすことは許されないという王権神授説が想い起こされ、そこには明らかな矛盾が生じる。舞台上では、まさに王権神授説と共和主義思想が交互に提示され、対立させられていることに気付かされるのである。

教養人たちは、マルコムとマクダフの台詞に耳を傾けながら、共和主義を提唱する書物のなかの問いかけが眼前で展開されているように思え、登場人物たちの台詞のやりとりに知的興味を掻き立てられたにちがいない。そして最終幕の第五幕においてマクベスは、台詞のなかで何度も「暴君」と呼びかけられ（第五幕七場九行目、一四行目、二五行目）、王殺しの謀反人というよりもむしろ圧政を行う「暴君」という印象を観客の胸に焼き付けるよう工夫されている。台詞に挿入された「暴君」ということばが舞台上で発せられる度ごとに、共和主義思想にふれていた教養人たちの胸には、そこに込められた深い意味合いが幾重にも反響したはずである。劇『マクベス』は、一見、王権神授を謳う勧善懲悪の芝居と見えながらも、その陰に時代の危険思想を見事に取り込み、その主張を台詞の奥に響かせているのである。知識階級の観客たちにとっては、忘れ得ぬ観劇体験となったであろう。

上演

劇『マクベス』は、大衆劇場で上演されるとともに、一六〇六年八月七日にハンプトン宮殿において、ジェイムズ国王とデンマーク国王への余興として上演されたと考えられている。劇の第四幕一場は、マクベスが再び魔女たちのもとを訪れ、自らの未来に関する予言を聞き出そうとする場面である。ハンプトン宮殿に設えられた舞台上には、バンクォーの末裔である八人の国王が舞台上に登場し、バンクォーの子孫から王となる者が誕生するという魔女の予言が成就することが示される。八人の王の最後に登場する王は鏡を携えており、演出として観客席の正面に座したジェイムズに、鏡を向けたと言われている。マクベスはスコットランドの歴史上実在の人物であり、ジェイムズ王はマクベスに暗殺されたバンクォーの血統を受け継ぐという噂がまことしやかに囁かれていた。噂の真偽はともかく、ジェイムズはこの粋な演出を喜んだにちがいない。王殺しの大罪人が討たれ、国王の神聖さが讃えられ、正統なる王位継承を謳い上げて、イングランドとスコットランドの友好的な関係が予見できるこの芝居は、ジェイムズの治世の繁栄を賛美するかに見える。

舞台は生き物である。演出の違いをはじめ、役者の表情の変化、台詞の言い方、更には間の取り方にいたるまで、上演に際しての細かな相違が台詞に新たな意味を添えることとなる。芝居に関する検閲が当然のことのように行われていたこの時代に、反逆罪に問われるような作品を執筆することはできない。しかし検閲のあったこの時代だからこそ、劇作家と観客の間には互いに暗黙の了解が存在していたはずである。劇作家は、検閲によって摘発されることを懸念し、具体的なことは台詞に載せない。他方、観客のほうとて、取り締まりがあることを承知しているので、ごくありきたりの台詞に隠された意味合いを読み取ることを、むしろ当然のこととしている。劇作家と知識階級の観客の間には、高度なコミュニケーションが存在しており、互いに多くを語らずして理解し合っていたにちがいない。その意味で両者は共犯関係にあったということもできるだろう。シェイクスピアは観客層の教養レベルに合わせて台詞を書き分けたように、作品の解釈においても多様な観客層を意識しながら、時代を代表する政治思想の対立を見事に舞台上に描いてみせたのである。

注

（1）Andrew Gurr, *Playgoing in Shakespeare's London* (Cambridge: Cambridge UP, 1987) 16-21. および、山田昭廣『シェイクスピア時代の読者と観客』（名古屋：名古屋大学出版会、二〇一三）九二頁を参照のこと。

（2）Gurr 55.

（3）William Shakespeare, *Macbeth, The Riverside Shakespeare*, ed. G. Blakemore Evans, 2nd ed. (Boston: Houghton Mifflin Company, 1997) 1360. *Macbeth* からの引用はすべてこの版によるものとし、翻訳は筆者によるものである。

（4）King James の *The True Law of Free Monarchie* は、Johann P. Sommerville, *King James VI and I: Political Writings*（Cambridge: Cambridge UP, 1994）62-84. に収録されている。特に p.

64 および p.83 を参照のこと。

（5）*Basilicon Doron* も同じく *King James VI and I: Political Writings* の pp.1-61. に収録されている。特に p.12 を参照のこと。

（6）Arthur F. Kinney, *Lies like Truth: Shakespeare,* Macbeth, *and the Cultural Moment* (Detroit: Wayne State UP, 2001) 62-3.

（7）Robert Parsons, *A Conference about the Next Svccession to the Crowne of Ingland.* The English Experience No.481 (Amsterdam: Theatrvm Orbis Terrarvm, 1972) I. 4. 72.

（8）Robert Parsons に関する詳しい論考については、拙論「Robert Parsons の *A Conference about the Next Svccession to the Crowne of England*—一五九〇年代のイングランドにおいて弾圧の対象となった書物にみる政治と宗教」『主流』八一・八二合併号（二〇〇八）二五—五〇頁を参照のこと。

（9）George Buchanan, *A Dialogue on the Law of Kingship among the Scots: A Critical Edition and Translation of George Buchanan's* De Iure Regni apud Scots Dialogus, ed. Roger A. Mason and Martin S. Smith (Aldershot, Hampshire: Ashgate, 2004) 33.

この小論は、拙著『英国地図製作とシェイクスピア演劇』の第四章「ブリテン地図と『マクベス』」を部分的に要約し、加筆したものである。

コラム2　『アントニーとクレオパトラ』あらすじ

時はジュリアス・シーザー亡き後の紀元前四〇年、地中海沿岸地域はアントニー、オクタヴィアス・シーザー、レピダスによる三頭政治により分割支配されていた。

アレクサンドリアでは、アントニーがクレオパトラとの愛欲生活に溺れ、政治をないがしろにしている。そんな彼に危急の報せが届く。妻ファルヴィアがアントニーの弟とともにオクタヴィアス・シーザーに対する反乱を起こしたが、たちまち鎮圧されたという。更に続く伝令からはファルヴィアの死が告げられる。アントニーは、クレオパトラとの愛のために、政治を疎《おろそ》かにしていたことを思い知らされ、激しい後悔にかられて、即座にローマに戻ることを決意する。

他方、ローマでは、オクタヴィアス・シーザーがクレオパトラと堕落した生活に明け暮れているアントニーの様子に、苦々しい思いをしている。シーザーは、ポンペイの率いる反乱軍の情報を摑んでいたことから、アントニーの帰国を待ち望んでいた。

ポンペイのほうでも、シーザーたちが兵を招集しているという情報と共に、アントニーがそれに加わるためにローマに向かっているとの報せを受け、戦の可能性が高まりつつあることを察知する。ローマに到着したアントニーは、妻ファルヴィアの反乱に対する己の身の潔白を主張するが、シーザーは容易に信じようとはしない。両者の和解のために、シーザーの姉オクテーヴィアとアントニーの結婚が提案され、アントニーは即座に承諾する。しかしアントニーの友人であるイノバーバスは、この政略結婚も、アントニーをクレオパトラから引き離すことはできないだろうと断言する。

アントニーが結婚したという報せは即座にアレクサンドリアに届けられ、激高したクレオパトラは使者を殴り倒す。アントニーの裏切りに絶望するクレオパトラであった。ポンペイは、シーザーとアントニーたちの和平提案を受け入れ、船上で宴が開かれる。当面の戦争は回避されたかと思われた。

ところがシーザーは和平条約を結んだにも関わらず、相変わらずポンペイを敵視し、新たな戦をしかけた。和平の誓いを破る事となるシーザーの振る舞いに、アントニーは激怒する。妻オクテーヴィアを説得にあたらせるため、シーザーのもとへと旅立たせるが、その隙にアントニー自身はクレオパトラのいるアレクサンドリアへと舞い戻る。やがてシーザーは、ポンペイを殺害するばかりか、レピダスを廃位させ、彼の領土を自分の領土に組み入れてしまう。しかしシーザーのほうも、アントニーが勝手にクレオパトラとその子供たちにエジプトの永久所有権および東方の領土を割譲したとの報せを受け、これを大いに不満に思っていた。アントニーが軍を招集しているとの報せを受け、シーザーは来るべき戦争に向けて覚悟を決める。

シーザーの軍勢に対して、陸での戦いを薦める部下たちの提言を頑に退け、アントニーとクレオパトラは海戦で迎え撃つことを決める。海上での戦が始まると、アントニーの軍が勝利をおさめかけたにもかかわらず、クレオパトラ率いる艦船が退却してしまう。これをアントニーが追ったために、指揮官を失ったアントニー軍はたちまち劣勢となり、致命的な敗北をきすこととなった。クレオパトラの逃亡を激しく非難するアントニーであるが、女王の涙を見た途端、すべてを許してしまう。自らが優勢であると判断したシーザーは和平交渉を進めるが、密かにクレオパトラに使者を送り、アントニーを捨て、その身をシーザーの庇護のもとに委ねるよう求める。シーザーからの使者がクレオパトラの手に口づけをするのを見たアントニーは、女王の裏切りに気づき、怒りに駆られて使者を鞭打ちに処する。

アントニーは、シーザーに一騎打の決闘を申し込むが、シーザーはその申し出を嘲笑う。アントニー側の不利を悟った部下たちの中には、シーザー側へと寝返る者も出てくる。アントニー側の劣勢は日に日に明らかとなる。再び戦闘が起こり、初日はアントニー軍が優勢に出て、シーザー軍は退却を余儀なくされた。ところが二日目の海戦では、クレオパトラの軍勢が早くも降伏し、アントニー側の敗北は決定的となる。アントニーはクレオパトラを殺し、自らもまた自害することを決心する。他方、従者たちと共に霊廟に避難したクレオパトラは、アントニーに使いを送って、彼女が自害したと伝えさせることで、彼の反応を見ようとする。この偽りの報せを信じ、女王の死に絶望したアントニーは、自らの命を絶とうとする。ところがアントニーは自らの剣で致命傷を負ったにもかかわらず、死に切れない。瀕死の状態のアントニーは、クレオパトラのいる霊廟に担ぎ込まれた。クレオパトラと再会したアントニーは、これからはシーザーの慈悲にすがるようにと、女王に言い遺し息絶える。

アントニーの死の報せを受けたシーザーは、クレオパトラもまた自ら命を絶つことを案じ、女王をなだめて気を落ち着かせるよう使者に言う。クレオパトラを死なせることなく、ローマに連れて行くことができれば、自らの凱旋に花を添えることができるからである。シーザーからの許しを伝えられるクレオパトラではあるが、いずれはローマに連行され、民衆の好奇の目に晒されることを予見する。女王は、密かに差し入れられた毒蛇の牙を胸にあて、死後の世界でアントニーと結ばれることを夢見ながら、眠るような死を迎える。一足遅れて霊廟に入ったシーザーは、事切れたクレオパトラの遺骸をアントニーの傍らに埋葬するように命じる。

6　『アントニーとクレオパトラ』とジプシー女王

社会の片隅に生きた人々の記録

四〇〇年前の英国社会に暮らした人々の生活を垣間見ることは興味深い。当時の社会には、宮廷人、聖職者、役人、軍人、学生、商人、船員、召使い、熟練工、徒弟、労働者など、実に様々な職業に従事する人々がいたが、一般的な社会の規範からはずれた生き方をする者も多かった。スリ、泥棒、強盗、詐欺師、売春婦、乞食、そして放浪の民ジプシーなどと呼ばれた、当時の貧困層あるいは裏社会に生きた者たちである。公文書の中で彼らの存在が言及されるのは、彼らを取り締まろうとする法律の制定や発布にまつわる箇所であり、彼らの生活の実態に政府が関心を寄せ、それを文書として記録することはなかった。しかし公文書に記されていないからといって、彼らの生活を知る術がないわけではない。街中で売られていた安価な印刷物やパンフレットには、彼らの生き様や彼らの使う騙《だま》しの手口が赤裸々に描かれている。たとえ公文書ではなくとも、これらもまた貴重な歴史資料なのである。

シェイクスピア劇『アントニーとクレオパトラ』では、女王クレオパトラがしばしば「ジプシー」と揶揄される。「ジプシー」という語を『オックスフォード英語辞典（*OED*）』に尋ねれば、エジプト人を示す“Egyptian”という語が語頭母音消失により“gipsy”または“gypsy”と語形変化したことが示される。更に、彼らの存在は「(自分たちをロマニー族と称する）もとはヒンドゥー教信仰の放浪集団」と定義され、「一六世紀初頭に英国に始めて姿を現し、エジプト人であると思われていた」と解説される。英雄アントニーを手玉に取り、妖艶な魅力でエジプトの地に縛りつけるエジプトの女王を、周りの者たちがエジプト人に対する侮辱を込めて「ジプシー」と渾名することとは、とりたてて不自然なこととは思われない。しかし当時の英国における放浪の民「ジプシー」の存在を歴史的資料から炙《あぶ》り出すことによって、その意味合いをより深く理解することができるかもしれない。この小論では一七世紀初頭にロンドン市中に出回っていた印刷物であるトマス・デッカー（Thomas Dekker）の『ランプと蝋燭《ろうそく》の灯（*Lantern and Candle-light*）』（一六〇八）および、サミュエル・リッド（Samuel Rid）の『手品や奇術の技（*The Art of Juggling*）』（一六一二）を繙き、「ジプシー」と呼ばれた人々の生活を垣間みながら、劇作品『アントニーとクレオパトラ』を再考してみることとする。(1)

巷で売られたパンフレット

トマス・デッカー（一五七二頃―一六三二）の伝記的事実については、オランダ移民の子としてロンドンに生を受け、劇作家および散文パンフレット作家であったことなどが知られている程度で、その他のことはほとんど不明である。シェイクスピアに比べると随分マイナーな作家であり、わずかな単独作を除けば、他の劇作家との合作がほとんどであるばかりか、散文パンフレットの中には明らかに他の書物からの剽窃《ひょうせつ》と思われるものも少なくない。しかし彼の残した芝居や散文パンフレットには、ロンドンの人々の生活が活き活きと描かれており、それらは当時の風俗を知るうえでかけがえのない資料である。『ランプと蝋燭の灯』もそうした意味で、世相を映す興味深い散文パンフレットのひとつだといえる。題名は、当時のロンドンの街を巡回し、火災と盗難に気をつけるようにとの声かけをした夜警に由来するものである。夜警は、「鍵の確認、火の元用心、お休みなさいまし」と声を上げながら、街路を歩いたという。また冬の夜長には、街路の暗闇を照らすため、家々の軒先にランプを吊ることが定められていた。そうしたことからデッカーは、ランプや蝋燭の光をパンフレットの題名とすることで、詐欺師や犯罪者の被害を被らないようにと市民に呼びかけ、犯罪の多い大都市ロンドンの暗闇に、警鐘の光をさしかけることを考えていたのかもしれない。

『ランプと蝋燭の灯』の中では、様々な詐欺の手口や犯罪の手法が解説される。賭博場で負けのこんだ人物に、親切心と見せかけながら金を貸し付け、後に多額の金銭を巻き上げる手法、金持ちの子弟をうまく騙して仲間に入れ、挙げ句の果てに親元の土地財産まで狙う手法、相手を名士とまつりあげ、自らの執筆した書物を献呈するパトロンとなって欲しいと頼み込んだ挙げ句、金銭を要求する手法など、実際に行われた詐欺の手口から、詐欺師たちの役割分担にいたるまでが詳しく紹介されている。パンフレットを手にする者たちは、それぞれのエピソードから教訓を読み取り、犯罪者たちの手口を警戒し、用心することを学んだにちがいない。あるいは、パンフレットを買い求める人々の心の奥には、狡猾な犯罪者たちの蠢《うごめ》く裏社会を覗き見たいという、ある種の好奇心も働いていたのかもしれない。

パンフレットの第八章は、「月の民（“Moon-men”）―都市や地方の村にとってこの上なく危険な存在である、風変わりで荒っぽい連中」と題され、一般に「ジプシー」と呼ばれた人々に関する記述となっている。

彼らはユダヤ人よりも広く分散した民族で、ユダヤ人より疎まれている。身なりは乞食のごとく、生活状態は粗野で、行動は獣のように不快である。得をすることなら残忍なことでも平気でやってのける。彼らの姿を目にした者は、彼らが黄色っぽい肌をしていると、あるいは黄褐色のムーア人との混血だ、と言うであろう。というのも赤土色の顔色をした者で、あれほど汚らしい顔色をした者はいない。しかし彼らはそう生まれついたわけではなく、日に焼けてそうなったのでもなく、そのような色に塗っているのである。彼らは絵がうまいわけではないので、顔を造るどころか、顔を台無しにしてしまっている。「ジプシー」とあだ名で呼ばれているが、彼らは自らをエジプト人だと称する。嘲笑的な意味合いを込めて、「月の民（"Moon-men"）」と呼ぶ人もいる。(2)

彼らが「月の民（"Moon-men"）」と呼ばれるのは、「月が二晩続けて同じ形であることはなく、天空をあちこちと移動する」ように、しばしば仲間を入れ替えながら、各地を移動する放浪生活を送っていることを喩えたものだとデッカーは言う。

パンフレットによれば、ジプシーたちは村にやってくると、手相占いによって未来を占ってみせると言いながら、無邪気な田舎の人々を騙すとされる。ジプシーが手相を見ながら、ほどなく災いが訪れると予言すると、半時間も経たないうちに哀れな犠牲者は、財布を掏《す》られるといった具合である。そればかりか、ジプシーたちが農夫の家畜小屋に寝泊まりすれば、小屋はたちまち邪淫の巣窟に変貌する。ジプシー女たちが村の男たちを相手に売春をするからである。どの地においても、ジプシーたちは地上のあらゆる実を食べ尽くす、まさに「エジプト・イナゴ（"Egyptian Grasshoppers"）」のごとく、忌み嫌われる存在であるという。更に困ったことに、仕事を捨て、家を捨て、この放浪の犯罪集団に自ら加わろうとする村の若者たちが出てくるから始末が悪い。デッカーは、パンフレットを通して、ジプシーの無法ぶりを暴露し、厳罰をもって臨むしか彼らを国から追い出す術はないという。(3) デッカーのパンフレットは、ジプシーの生態を赤裸々に解説していることから、まさに現代でいうルポルタージュのような存在である。

デッカーのパンフレットとほぼ時期を同じくして出版された『手品や奇術の技』もまた、「ジプシー」と呼ばれた人々の生態を克明に伝えている。パンフレットの著者サミュエル・リッドについて、その素性は全くの謎である。パンフレットの表紙には「ロンドンで印刷され、ホルボーン橋近くのサミュエル・ランド（Samuel Rand）によって販売される」という文字が見られるが、中の献辞に附された署名には"SA:RID"の文字が見られるのみである。これがサミュエル・リッドという著者なのか、それとも単に印刷出版業者であったサミュエル・ランドという綴りの誤植なのかはわからない。当時の他の記録には、どちらの人物の名も見あたらないことから、一般にサミュエル・リッド作と称されて現代に伝えられている。

リッドはパンフレットの冒頭で、ジプシーたちの実像について、次のように説明する。

祖国から追放された（おそらく彼らの素行が良かったからとは思えないが）エジプト人たちは、ここ英国にやってきた。彼らは、私たちに馴染みがなかった奇妙な手品や仕掛けに秀でており、当初は好意をもって迎えられた。手品や奇術と共に、その風変わりな衣装や服装もあって、おおいに賞賛もされた。彼らは近隣ばかりか遠く離れた地でも噂になり、英国の浮浪者が彼らの仲間入りし、その技や騙しの手口を学ぼうとするほどであった。彼らが使った言葉は英語であり、それをとおして英国人は彼らと会話をしたが、最終的には彼らの言葉を身につけた。彼らはこうしたやり方で国中を巡り、手品や奇術などの騙しの手口を実演することで、地方に住む人々の絶大な信頼を取り付けた。手相占いをし未来を予言すると見せて、かなりの儲けを手にした。貧しい田舎娘を騙して、金銭や銀のスプーン、更に彼女たちの持っている一番上等の服をせしめた。彼女たちの運命を聞かせてやるということをだしに、彼女たちが作れるもので良さそうなものはなんでも、巻き上げたのである。(4)

リッドの解説によれば、ジプシーたちは国内を放浪する犯罪集団に他ならない。

パンフレットの中でリッドは、ジプシーたちの弄する様々な手品や奇術の種を暴《あば》きながら、素朴な民衆が彼らの餌食にならないよう警告を発する。表紙に、「トランプやサイコロゲームでの詐欺に対する注意を促す警告」という一文が添えられていることからもわかるように、この種のパンフレットは、当時の人々に向けられた防犯案内とも呼べるものである。続く頁では、ジプシーたちが大道芸に利用した小道具、ボールやコイン、そしてリングを使った奇術の手法や、カードを使った騙しの手口などが次々に紹介されている。中でもカードゲームの詐欺を解説したくだりでは、傍観者を装い手札を盗み見る共犯者の存在や、カードをきったと見せながら、目当てのカードを常に一番下に持ってくるための指さばきの手法などが、事細かに説明される。何も知らずに無邪気にゲームに加わった人々は、手練手管に長けたジプシーたちのカードさばきに惑わされ、見事に金銭を巻き上げられるという仕組みである。こうしたパンフレットが売られていたことを考えると、狡猾なジプシーたちの手玉に取られて騙される人々がいかに多かったかがわかる。民衆の間には、詐欺師でありペテン師であるジプシーの負のイメージが広く受け入れられていたにちがいない。

更に、ジプシーに対する否定的な見方は一般民衆だけが抱いていたものではなかった。カンタベリーの大主教ジョージ・アボット（George Abbot）は、自らが筆を執った『世界の簡潔な記述（*A Brief Description of the whole WORLD*）』（一六〇五）の中で、エジプトについて次のような解説を記している。

エジプトという国は、モーリタニアと同じ気候に位置しているが、そこの住民は黒人ではなく、灰褐色あるいは黄褐色の肌をしている。クレオパトラもそうした肌の色であったと言われる。誘惑という手を使ってクレオパトラは、ジュリアス・シーザー、そしてアントニーの寵愛を手に入れた。その同じ肌の色をした、これらの浮浪者たちは、（工夫により、そうした肌の色に見せかけているのだが）エジプト人の名のもとに、世界中あちこちを放浪する。本当のところは、単なる偽者で、様々な国からの難民か下層民なのである。(5)

ジプシーに対する偏見は民衆ばかりか、教養人も共有していたことが知れる。

もちろん政府もこうしたジプシーたちの活動を野放しにしていたわけではなかった。流浪の民であるジプシーを取り締まる法律は、既に一五三〇年に発布されている。政府が特に目を光らせたのは、彼らが行う詐欺的犯罪行為よりも、食料不足や疫病の蔓延への警戒であった。急速な人口増加を経験していた英国は、慢性的な食料不足に陥っており、更に流浪民による疫病の拡大は社会にとって大きな脅威であった。特にヨーロッパ各国で猛威を振るっていた黒死病は、人々の恐怖の的であった。当初の取り締まりは、英国に入国しようとしていたエジプト人を対象としていたが、一五五四年には自らをエジプト人と称する輩が含まれるようになり、一五六四年の取締法では偽エジプト人や彼らの集団に属し行動を共にする者たちも処罰の対象となる。法律による処罰の対象が拡大していることからもわかるように、英国に移民として流れ込んできたエジプト人たちは、社会の底辺に生きる浮浪者や貧民をも取り込んでいったのである。(6) しかし官憲のこうした取り締まりも、常に集団の構成員を変え、各地を転々と移動する「月の民（"Moon-men"）」の活動を規制することは難しかった。ジプシーたちは、姿を変え場所を変えることで、国家権力の網の目をすり抜け、したたかに生き延びたのである。

ジプシー女としてのクレオパトラ像

シェイクスピアは、『アントニーとクレオパトラ』の中でエジプトの女王像を描くにあたって、人々が抱いていたこのジプシーに対する偏見を巧みに利用している。劇の冒頭、女王クレオパトラはジプシー女と揶揄される。

……将軍の心臓は
激戦の最中に、その胸の留め金を、
はじき飛ばすほどのものであった、それが今ではかつての気性を裏切り、
ジプシー女の情欲をさます、ふいご、団扇《うちわ》になりさがっている。（第一幕一場六―一〇行）[7]

ジプシー女の色気に誑《たぶらか》され、かつての英雄気質を失ってしまったアントニーの様子が語られることにより、観客の心理の中で、エジプトの女王と卑しいジプシー女のイメージが重ね合わされるよう工夫されている。そして、ジプシー女であるクレオパトラが、破滅をもたらす魔性の者であるとするイメージは、続いて舞台上に登場するアントニーの台詞にも引き継がれる。アントニーは、クレオパトラを「魅力的な女王（“this enchanting queen”）」（第一幕二場一一六行）と呼び、その足枷から自らを解き放つことができないなら、やがて破滅を迎えることになるだろうと語る。「魅力的な（“enchanting”）」という語が、「魔法をかける」という意味を持つ語であることから、クレオパトラの魅力が、エジプト人の秘めた神秘性と、ジプシー女の醸し出す怪しげな妖艶さという両方の意を兼ね備えたものであることを、巧みに伝える台詞である。

更にシェイクスピアは、このクレオパトラの魔性の魅力を、敵将ポンペイの台詞の中でも強

調する。

……淫蕩なクレオパトラよ、
恋の魔術で、そのしなびた唇に潤いをもたらせるがよい！
その美貌に魔法をかけ、さらに情欲を燃えさせるのだ、
あの放蕩者を饗宴の場に縛りつけ、
奴の脳みそを酒浸りにしてやるがいい。

（第二幕一場二〇—二四行）

ここに使われている「しなびた（"wan'd"）」という語は、「欠けていく月のごとく色あせ衰える（"faded, declined, like the waning moon"）」という意味を持つ。「恋の魔術で、そのしなびた唇に潤いをもたらせ」という日本語訳では充分に表現しきれないものの、陰りいく月のように絶頂期を過ぎてしまったかつての若さを、魔術の力で再び満月のように変化させ取り戻すことを、台詞のイメージとして含んでいる。クレオパトラの恋の秘策が魔術であり、女王の存在が劇の中で度々イシスの女神の化身として表されていることを念頭におけば、月のイメージと結びつけられていることの重要性が理解される。「ジプシー」たちがしばしばその名で呼ばれたとい

う、満ちては欠ける月のイメージを重ね合わせた「月の民（“Moon-men”）」との連想が、この語にはふさわしいからである。ポンペイの台詞を耳にしながら観客は、村々を訪れるジプシー女たちの不道徳さを思い浮かべたかもしれない。ジプシー女の持つ艶《なまめ》かしさに理性を奪われ、骨抜きにされる男たちの姿は、そのまま英雄アントニーの姿に重ねられたかもしれないのである。

ポンペイのこの台詞は、劇の中の他の登場人物の台詞の中にもこだまし、魔性の女としてのクレオパトラ像は増幅される。魔術によって、自らの老いた唇に若さを蘇らせるクレオパトラは、無限の変化を繰り返す存在でもある。イノバーバスはクレオパトラの魅力を、「年齢も彼女を衰えさせることはなく、慣れたからといって、彼女の無限の変化ゆえに決して飽きさせはしない」（第二幕二場二三四―二三五行）と言う。まさに女王の妖艶さは永遠に変化し、その魅力を変貌させることで、アントニーを虜にして離さない。この台詞においてもクレオパトラの存在は、満ち欠けを繰り返し、常に変化する月のイメージとの連想で語られているのである。

アントニーの台詞もまたクレオパトラの存在を月に喩えてみせる。「我がこの世の月も今や月食となり、アントニーの破滅を告げる前兆となっている（“Alack, our terrene moon / Is now eclips'd, and it portends alone / The fall of Antony!”）」（第三幕一三場一五三―一五五行）と語るアントニーは、クレオパトラを月に喩えながら、その心変わりを嘆く。かつては「無限に変化」する魅力を兼ね備えたとも思われた女王であったが、劇の終盤では敗北の色濃いアントニーに背を向け、勝利の上げ潮に乗るかに見えるオクタヴィアス・シーザーにいとも容易くなびくかの態度を示すからである。クレオパトラの裏切りを察知したアントニーは、女王に対して、「エジプトの不実な女王（"this false soul of Egypt!"）」、「死を呼ぶ魔女（"this grave charm"）」、更には「ジプシー（"gipsy"）」と罵る。

……俺は裏切られた
エジプトの不実な女王め！　死をもたらす魔女め
あいつの目は俺の軍を進軍させ、退却させた
あいつの胸は俺の栄冠であり、俺にとっての報償であった
それがまさにジプシーのように、いかさま手品で
俺を騙し、破滅の底へと突き落としたのだ

（第四幕一二場二四―二八行）

引用の中に使われている「いかさま手品（"fast and loose"）」という表現は、無邪気な村人を

誑かす手品の技をいう。スカーフの固く結ばれた（"fast"）結び目を一瞬の早業で解いてみせる（"loose"）というよく知られた手品である。アントニーは、ジプシー女であるクレオパトラの「いかさま手品」に翻弄され、破滅への道を転がり落ちるかのような自らの運命を嘆くのである。更に台詞は、ジプシーたちの得意としたカードゲームの騙しの手法にも言及する。あたかもジプシーたちが、カードゲームで村人を騙したように、クレオパトラはオクタヴィアス・シーザーとしめし合わせて、アントニーの裏をかいたのだという。

……女王は
カードゲームを楽しむかのようにシーザーとぐるとなり、
いかさまの手を使って、俺の栄光を掠め取り
敵の勝利に寄与したのだ
（第四幕一四場一八―二〇行）

サミュエル・リッドのパンフレットに記されたように、カードゲームでは騙しの手口を駆使して人々を陥れることが、ジプシーの常套手段であった。シェイクスピアは劇中のクレオパトラを、妖術を使ってローマの英雄を籠絡《ろうらく》し、様々な手品や詐欺の手法によって男を手玉にとる

ジプシー女のイメージとして描こうとしている。観客の意識の中では、エジプトの女王の本性を、日常生活の中で見聞きする「月の民」ジプシー女の狡猾さと冷酷さとして捉えたに違いない。

他の作品とは異なるシェイクスピアのクレオパトラ

シェイクスピアが材源としたプルタルコスの『英雄伝』をはじめ、クレオパトラは多くの詩人や劇作家のインスピレーションを刺激し続けてきた。プルタルコスの描くクレオパトラは、狡猾な政治的策略家としての印象が強く、エジプトの利益のためにアントニーを巧みに操る。また一五七八年にロベール・ガルニエ（Robert Garnier）が筆を執った『マルク・アントニ（*Marc Antonie*）』は、ペンブローク伯爵夫人（the Countess of Pembroke）ことメアリ・シドニー（Mary Herbert（Sidney））によって一五九二年に『アントニーの悲劇（*The Tragedie of Antonie*）』と題して英訳がなされた。作品のなかに描かれるクレオパトラは、妻として、また子供たちの母としての面影が前面に押し出され、女王に同情的な心情が感ぜられる。(8)

他方、伯爵夫人からの直接の依頼によって書かれたといわれるサミュエル・ダニエル（Samuel Daniel）の『クレオパトラの悲劇（*The Tragedie of Cleopatra*）』（一五九四）は、アントニーの埋葬の後のクレオパトラの最後の苦悩が作品の主題となっている。アントニーの没落の原因というよりも、クレオパトラの誇りと悲しみに焦点があてられている点が特徴的である。(9) いずれの場合も、王国を担う女王としての威厳と、ローマへ連行され、アントニーの正妻オクテーヴィア（Octavia）をはじめ、下層民の衆目にさらされることへの屈辱が詩行に綴られている。

シェイクスピアの描く最終幕のクレオパトラは、まさにこうした多くの作品のなかに繰り返し描き出された女王像に挑戦するかのようにみえる。劇中のクレオパトラは、自分たちの運命が詩歌のなかで詠われ、舞台に乗せられて面白おかしく演じられることを予見している。「声の高い少年俳優が、まるで娼婦のようにエジプトの女王を演ずる（"I shall see / Some squeaking Cleopatra boy my greatness / I' th' posture of a whore.)」（第五幕二場二一九―二二一行）ことになろうとクレオパトラは自嘲する。(10)

いや、そうなることは確かだ、アイアラス。図々しい警吏が
まるで淫売を捕らえるかのように私たちを捕らえ、下劣な詩人たちは
私たちのことを調子はずれの小唄に詠むであろう。こざかしい喜劇役者たちは

即興で私たちを芝居に仕上げ、アレクサンドリアの饗宴を
舞台に載せるであろう。そこでは
アントニーは酔っぱらいとして登場し、黄色い声をした
クレオパトラ役の少年俳優が、私の威厳を
淫売のごとき仕草で演じてみせることであろう。

（第五幕二場二一四—二二一行）

かつて詩歌に詠われたクレオパトラも、また戯曲に描かれたクレオパトラも、どれひとつとして女王の真の姿を伝えうるものはありえないという。シェイクスピアはわざわざこうした台詞を挿入することによって、自分が従来の詩歌や劇に登場する女王像とは全く異なった人物像を描き出そうとしていることを、観客に伝えているのである。

他の人々の筆になるクレオパトラが、為政者であり、一国の女王であるのに対して、シェイクスピアの描くクレオパトラには、ローマとエジプトという国同士の争いから、一歩、身を引き、勝者と敗者を冷徹に見据えたような眼差しが存在する。

このわびしさから、より良い生活が

始まる。シーザーとて無価値な存在に過ぎぬ
彼は、運命そのものではなく、幸運の女神に操られる召使い、
運命の女神の手先に過ぎない。偉大なこととは、
ほかのすべての行為を終わらせる行為をすること、
そうすれば偶然を押し止め、変化を食い止められる、
そうすれば眠りに落ち、乞食やシーザーを養う
汚らわしい食べ物を、口にすることもなくなるであろう。

（第五幕二場一―八行）

オクタヴィアス・シーザーとて、「幸運の女神に操られる召使い、運命の女神の手先に過ぎない（"he's but Fortune's knave, / A minister of her will"）」と女王は、皇帝といえども所詮は卑小な人間に過ぎないとその存在を嘲笑《あざわら》う。すべての人間の運命は、人智を超えた大きな力によって操られており、勝利を手にしたと思えたところで、それは運命の女神によって与えられた一時の幸運に過ぎない。大勝利の喜びに浸るシーザーであっても、運命に弄ばれるひとりの人間に他ならないのである。シェイクスピアのクレオパトラは、皇帝や君主が造り上げてきた権力のヒエラルキーの外に我が身を置き、為政者の誇る権勢に冷ややかな眼差しを向ける。彼女の

存在はまさに巫女のごとく、悠久の歴史の中で、絶えず運命の女神によって操られてきた人間の生き様を言い当てる。同時に彼女は、運命の流れを自分自身の手で食い止めてみせると言う。「ほかのすべての行為を終わらせる行為をすること」、すなわち運命に操られるがごとき人間の生を、自らの手で終わらせることこそ、「変化を食い止める」唯一の手段であり、「偉大な行為」であると女王は宣言する。この瞬間に彼女自身は、運命の女神に操られる平凡な人間の生を超越し、運命の支配を自らの手で逃れようとする覚悟を見せるのである。

まさに、運命と対峙し、それを超越しようとクレオパトラが自らの決意を語った時に、ジプシーのごとき彼女の存在は逆説的な意味において崇高さを獲得し、観客の前で偉大な女王としての威厳を取り戻すこととなる。この世俗的なジプシー女から、歴史を超えて運命を見通すことのできる偉大な女王への変身という逆展開こそが、シェイクスピアが作品のなかに綿密に織り込んできた流浪の民「ジプシー」のイメージの存在理由ではなかったか。これこそ、この劇において用意周到に準備された劇作家の戦略ではなかったか、と思えるのである。シェイクスピアは、この逆展開の衝撃を観客にもたらすために、劇の前半を通して、通低音として「ジプシー」というクレオパトラのイメージを台詞の中に織り込み、紡ぎ出してくる必要があったのであろう。

私の決意は定まった、最早、私の中に女々しい女の気持ちなど
微塵も存在しはしない。頭から爪先まで、
堅固な大理石となった。今やうつろいやすい月は
私の星ではない。

（第五幕二場二三八―四一行）

クレオパトラが、自らを指して「今やうつろいやすい月は私の星ではない（"now the fleeting moon / No planet is of mine."）」と宣言するように、最終場面の彼女は、もはや変幻自在の移り変わる存在ではなく、時空に君臨する永遠の存在である。いかに弾圧されようとも政府の取り締まりの網の目をすり抜け、流浪の民として官憲の裏をかいて生き続けるジプシーたちのように、クレオパトラもまたシーザーの君臨するローマ帝国の支配に絡めとられることはない。彼女をエジプト征服の戦利品としてローマに連行しようとする狡猾なシーザーの計画の裏をかき、女王は毒蛇の毒で眠るかのような永遠の死を手に入れる。たとえこの世での戦いでは敗北を喫しても、あの世では愛するアントニーと結ばれ、永遠を手にすることによって、クレオパトラは地上の権力者が誇る儚い勝利を嘲笑うのである。

アントニーが私を呼んでいるように思える
あの人が身を起こし、私の立派な行為を褒めてやろうと
してくれているのが見えるようだ。シーザーの幸運を嘲笑っておられる、
神々が幸運をお与えになるのは、神々が後に天罰をお下しになるため
なのだから。私の夫よ、いま行くわ！
あなたの妻という名に、私の勇気がその名を辱めぬように！
いまの私は火、そして風。私の身体の土と水は、
卑しいこの世にくれてやる。

（第五幕二場二八三―九〇行）

クレオパトラは、アントニーがオクタヴィアス・シーザーの幸運を嘲笑っているのが聞こえるようだと言い放つことによって、地上世界の盛者必衰を言い当てる。「神々が幸運をお与えになるのは、後に不運をもたらす際の自分たちの怒りを正当化するためだから」と彼女が言うように、人間の運命の有為転変は人知では計り知れないものなのである。劇場を埋め尽くした観客は、この時、クレオパトラへの深い共感を抱くと共に、このエジプトの女王に人種・階級

を超えた親近感を覚え、この悲劇のエンディングに大きな満足感を経験したと考えられる。

結論

シェイクスピアは、当時の人々の知る流浪の民ジプシーのイメージを巧みに利用することによって、かつてない劇のクライマックスへ観客を導くことに成功している。階級社会から逸脱し、放浪の民として生きるジプシーたちは、時として階級社会の頂点に君臨する権力者の無力をも言い当てる。階級社会の外側に生きる彼らであるからこそ、権力闘争を繰り返す王侯の権力の空しさを見抜くことができるのであろう。流浪の民である彼らは、世界を支配しようとする権力者の権力の持つ真の意味を、悠久の歴史という時間の流れの中で相対化し、その空虚さを察知する洞察力を身につけているのである。そしてジプシーがこの世の真実を言い当てたその瞬間に、常日頃は疎まれ蔑まれて下賤の者と考えられていた彼らの存在は、皇帝にも勝る偉大さを獲得し、多くの人々の理解と共感を得ることとなる。シェイクスピアの狙ったのはまさにこうした逆転の演劇的効果であったにちがいない。妖艶な魔性の女ジプシーとしてのクレオパトラ像が、劇のクライマックスにおいて、運命と対峙する崇高な女王像へと変身する様は、当時の観客の心に、まさに忘れ難い鮮やかな印象を残したであろうと思われる。

巻で売られていた安価な散文パンフレットは、当時の社会の様子を、そしてそこに生きる人々の生き様を語り継ぐ。散文パンフレットに書かれた言説は、同時代の演劇の言説と共に、時代そのものを語る重要な証言である。それらは互いに語りかけ、呼び交わしながら、それらが産み落とされた時代の姿を記している。世界はこうした言説によって構成されているのである。名もない作者によって書かれ、街中で売られることにより、名もない人々が手にする散文パンフレットと、舞台から発せられる演劇の台詞が、干渉し合い、交渉し合う場に、作品の新たな解釈の可能性を探ることができると思われる。

注

（1）Thomas Dekker, *Lantern and Candle-light* および Samuel Rid, *The Art of Juggling* は、Arthur F. Kinney, ed., *Rogues, Vagabonds and Sturdy Beggars: A New Gallery of Tudor and Early Stuart Rogue Literature*（Amherst: U of Massachusetts P, 1990）に収録されている。

（2）Kinney 243.

（3）Kinney 245.

（4）Kinney 265-6.

（5）George Abbot, *A Brief Description of the whole WORLD*（London, 1605）K2 recto-verso.

（6） David Mayall, *Gypsy Identities, 1500-200: From Egipcyans and Moon-men to the Ethnic Romany* (London: Routledge, 2004) 61.

（7） William Shakespeare, *The Tragedy of Antony and Cleopatra, The Riverside Shakespeare*, ed. Blakemore Evans, 2nd ed. (Boston: Houghton Mifflin Company, 1997) 1395. *Antony and Cleopatra* からの引用は、すべてこの版によるものとし、翻訳は筆者による。

（8） Geoffrey Bullough, *Narrative and Dramatic Sources of Shakespeare* (New York: Columbia UP, 1968) 5. 358-406.

（9） Bullough 5. 406-49.

（10） 当時の英国には女優は存在せず、舞台の上での女役はすべて声変わりをする前の少年俳優が演じていた。クレオパトラの台詞は、その慣習に言及したものである。

この小論は、拙著『シェイクスピアと異教国への旅』の第五章「ジプシーの女王 ―『アントニーとクレオパトラ』とエジプト」の一部を要約し、加筆したものである。

あとがき

廣田收氏からお声をかけていただき、二人だけの勉強会を始めて早三年となる。途中、私の在外研究のために中断を余儀なくされた期間もあったが、この度、二人の勉強会の成果をなんとか形にすることができた。怠惰な私が、こうして原稿を仕上げる段階までこられたのは、ひとえに廣田氏の熱意とお人柄によるものだと、心から感謝している。

廣田氏と私は、同じ大学の、しかも同じ文学部という組織に属していながら、なかなかゆっくりお話しする機会がない。一般の読者からすると、同じ職場にいながら、どうしてそのようなことになるのかと、いぶかられる向きもあるだろう。しかし大学の学科というのは、たこつぼのようなもので、それぞれの専門に潜り込んでいて、つぼから顔を出して情報交換するということに慣れていない。文学部の中でもそれぞれの研究対象ごとに別々の学科に分かれており、お顔を合わせるのは、二週間に一度の教授会の時ぐらいだろうか。

国文学も英文学も同じく文学を研究対象としていながら、そのことについて語り合う時間がほとんどといってないのは、誠に残念なことである。だから垣根を取り払って、一度ゆっくりそれぞれの専門についてお話ししてみよう、という思いつきから始まった勉強会であった。

しかし勉強会と言っても、何から手を付けて良いものやら、当初は戸惑いもあった。平安中期、すなわち一一世紀頃に、貴族の読者を想定して書かれたとされる『源氏物語』と、一六世紀末から一七世紀初頭に英国で、大衆を相手に書かれたシェイクスピア演劇では、あまりにも違い過ぎて、比較しようにも、簡単にはいかない。果たして何を語り合えばよいのか。お互い無理は承知のうえで、そうした無謀な取組みであるからこそ面白いという発想に立ち返って、まず話の糸口を探ることから対談を始めた。

まずはお互いに私事も含めて、研究に従事するようになったいきさつから語り、研究対象のテキスト確定の方法を語ることで、すこし互いの関心が交差するようになった。続いて作品と材源との比較研究の話題へと発展した。構造主義と呼ばれる文化人類学的アプローチが、文学作品に与えた影響を話し合いながら、読者層や観客層へと話題が及ぶと、二人共、かなり熱心にそれぞれの分野を語り合っていたと思う。再び材源との比較研究の話に戻り、文献研究ばかりでなく、口承文芸の研究の可能性についても語り合った。この時には、お互い目標とするものが見えてきたように思う。

共に、作品を歴史の中で捉えようとしながら、二人の間に横たわる「歴史」というものに対する考え方の違いもはっきりしてきた。廣田氏は、長い歴史の中で語り継がれ、受け継がれてきた、作品の基層をなす部分を重視しておられて、私は作品を成立させた時代を常に考察の対象と考えてきた。通時的な「歴史」の考え方と共時的な「歴史」の考え方の違いが、二人の研究アプローチの違いを生み出していた。

互いに、相手の語ろうとすることを熱心に聴こうとし、自分の言いたいことをなるべく具体的に解りやすく話そうと努めた。話がずれてしまうことのないよう努力したつもりではあるが、後で文章を読むと、議論の流れによどみや中断が見られる箇所も散見されるように思える。この点はご容赦願いたい。

今回の企画にあたって、自分の研究の道筋を文章化する過程で、あらためて気づいたことがある。私は思春期の頃から、ただただ西洋の文化に憧れて、文学作品であれ大衆小説であれ、なんら区別することなく、心の赴くままに読み散らかしてきた。この「読み散らかしてきた」という表現は、まさにそのとおりで、何の体系的な考えもなく、気分のままに手当り次第であった。そうしたかねてからの自分自身の持つ体質というか性癖そのものが、現在の私の研究にも影響しているように思える。シェイクスピアの演劇作品を読むことと同じく、当時の政治思想や旅行記、散文パンフレットを読むこともまた、私にとってこの上ない楽しい経験であり、そこには常に新しい発見がある。どうやら私の嗜好は、伝統的な文学というジャンルに限定されることを嫌い、ディスコースとしてあらゆる書き物を常に受容しようとするようである。私が「文学」という定義に対して抱く曖昧さというか鷹揚さは、そうした思春期の頃からずっと続いていたものであったように思える。

末尾となってしまいましたが、このような冒険的な企画の書物の刊行を御許しいただいた岡元学実社長に心からの謝意を申し上げたく存じます。また、読み難い原稿の隅々まで目配りをして下さり、拙い内容を読めるものにまで引き上げて下さった編集部小松由紀子さんに、執筆者を代表し、心を籠めて御礼の言葉を申し上げます。

勝山　貴之

《著者紹介》

廣田 收（ひろた・おさむ）
1949年　大阪府豊中市に生まれる
1973年　同志社大学文学部国文学専攻卒業
1976年　同志社大学大学院文学研究科修士課程修了
専攻　古代・中世の物語・説話の研究
学位　博士（国文学）
現職　同志社大学文学部国文学科教授
主著　『『宇治拾遺物語』表現の研究』（笠間書院、2003年）
『『源氏物語』系譜と構造』（笠間書院、2007年）
『『宇治拾遺物語』の中の昔話』（新典社、2009年）
『家集の中の「紫式部」』（新典社、2012年）
『文学史としての源氏物語』（武蔵野書院、2014年）
『入門　説話比較の方法論』（勉誠出版、2014年）など

勝山 貴之（かつやま・たかゆき）
1958年　京都府京都市に生まれる
1982年　滋賀大学教育学部英語教員養成課程卒業
（1979年9月—1980年7月　Michigan State University　文部省海外派遣留学生）
1988年　同志社大学大学院文学研究科博士課程中退
1991年　Harvard University, Graduate School 中退
（Harvard-Yenching 奨学金給付留学生）中退
専攻　近代初期英国文学研究
学位　文学修士
現職　同志社大学文学部英文学科教授
主著　『シェイクスピアを学ぶ人のために』（共著、世界思想社、2000年）
『英国地図製作とシェイクスピア演劇』
（英宝社、2014年、福原記念英米文学賞）
『シェイクスピア時代の演劇世界』（共著、九州大学出版会、2015年）
『シェイクスピアと異教国への旅』（英宝社、2017年）
論文　「ルネサンスとイスラム世界—文化の越境と受容—」
Shakespeare Journal（日本シェイクスピア協会、2017年）など

源氏物語とシェイクスピア
—— 文学の批評と研究と ——

新典社選書 85

2017 年 4 月 5 日　初刷発行

著　者　廣田收・勝山貴之
発行者　岡元 学実

発行所　株式会社　新 典 社

〒101－0051　東京都千代田区神田神保町1－44－11
営業部　03－3233－8051　編集部　03－3233－8052
ＦＡＸ　03－3233－8053　振　替　00170－0－26932

印刷所 惠友印刷㈱　製本所 牧製本印刷㈱

ISBN978-4-7879-6835-7 C0395

http://www.shintensha.co.jp/　E-Mail:info@shintensha.co.jp